博物与想象：汉魏六朝笔记小说研究

张丽丽　马振伟　著

武汉大学出版社
WUHAN UNIVERSITY PRESS

图书在版编目(CIP)数据

博物与想象:汉魏六朝笔记小说研究/张丽丽,马振伟著.—武汉:武汉大学出版社,2023.10(2024.12重印)

ISBN 978-7-307-23937-1

Ⅰ.博… Ⅱ.①张… ②马… Ⅲ.笔记小说—小说研究—中国—汉代-魏晋南北朝时代 Ⅳ.I207.419

中国国家版本馆CIP数据核字(2023)第155534号

责任编辑:蒋培卓　　责任校对:汪欣怡　　版式设计:马　佳

出版发行:**武汉大学出版社**　(430072　武昌　珞珈山)

(电子邮箱:cbs22@whu.edu.cn　网址:www.wdp.com.cn)

印刷:武汉邮科印务有限公司

开本:720×1000　1/16　印张:10　字数:142千字　插页:1

版次:2023年10月第1版　2024年12月第2次印刷

ISBN 978-7-307-23937-1　定价:49.00元

前　言

“小说”一词最早见于《庄子·外物篇》“释小说以干县令，其于大达亦远矣”①。“小说”系琐屑之言。班固《汉书·艺文志》著录小说十五家，指出“小说家者流，盖出于稗官，街谈巷语，道听途说者之所造也”②。在以诗文为正统的古代文学体系中，小说这一文体很长时期并未得到同等重视。

论及古代“小说”，不可简单以西方“小说”之概念加以厘定，更应兼顾传统目录学之观点。笔记小说作为古代小说的分支，学界对其概念内涵与外延及分类的探讨几乎从未停止。因概念的模糊，文体特征的界定亦不明晰，笔记小说的整理、分类与编纂历来也存在一定的差别。分类困难或存在争议是源于早期小说的独特形态，在文学尚未自觉之前，文体之间的界限并不明确，汉魏六朝小说处于古代小说的形成时期，内容相对驳杂，与今之叙事文本相距较远。对汉魏六朝小说的研究，有利于了解古代小说之原貌。

笔记小说“泛指一切用文言写的志怪、传奇、杂录、琐闻、传记、随笔之类的著作，内容广泛驳杂，举凡天文地理、朝章国典、草木虫鱼、风俗民情、学术考证、鬼怪神仙、艳情传奇、笑话奇谈、逸事琐闻等，宇宙之大，芥子之微，琳琅满目，真是万象包罗”③。自鲁迅先生《中国小说史

---

① （清）郭庆藩撰，王孝鱼点校：《庄子集释》，中华书局1961年版，第925页。

② （汉）班固撰：《汉书》，中华书局2007年版，第338页。

③ 王根林、黄益元、曹光甫校点：《汉魏六朝笔记小说大观》，上海古籍出版社1999年版，第1页。

略》始，学界研究唐前小说，多是分为志怪、志人(轶事)二类。随着研究的细化，志怪小说又出现进一步的分类，如“记怪类”“博物类”“神仙类”①，或是“博物体”“拾遗体”“搜神体”“释氏辅教之书”②等。

本书以“博物”与“想象”作为研究汉魏六朝笔记小说的切入点与关键词。在全面检阅此期小说的基础上，以“博物体”“杂记体”及志怪小说为主要研究对象。关于“博物体”小说，前贤时俊已形成丰富的研究成果。一般而言，是将其置于“志怪”之下，如刘叶秋《古典小说笔记论丛》③，李剑国《唐前志怪小说史》④，以及陈文新《文言小说审美发展史》等，“从创作目的看，‘博物’体小说旨在满足读者对无垠的空间世界的神往之情。题材上则“以‘异物’即远方珍异为主”⑤。也有研究者对“博物体”是否归于“志怪”存疑，如苗壮《笔记小说史》“地理博物类志怪小说”虽明确指出博物类小说的特征，但因其数量无法与志人志怪相提并论，且志物与志怪常有交错，故仍将其归在志怪小说门下。⑥ 张乡里《唐前博物类小说研究》提出应将博物类小说视为独立的类别，而非从属于志怪小说的分支，该书将唐前博物类小说分为“地理体”“名物体”“杂传体”三种。⑦ 关于“杂记体”小说，宁稼雨《中国文言小说总目提要》认为：“从中国小说的起源来看，这些杂俎小说大概最符合中国最早的小说概念。”⑧

博物体小说最显著的特征是志物。“读书万卷，一事不知，以为深耻。”⑨博物体小说的出现有着鲜明的时代特征，可谓当时学风习气在文学领域的呈现。与之相类的，还有汉大赋，志物倾向也很明显。“物”引起注

① 参见侯忠义：《中国文言小说史稿》，北京大学出版社 1990 年版。侯忠义：《汉魏六朝小说简史》，山西人民出版社 2005 年版。

② 参见陈文新：《文言小说审美发展史》，武汉大学出版社 2007 年版。

③ 刘叶秋：《古典小说笔记论丛》，南开大学出版社 1985 年版。

④ 李剑国：《唐前志怪小说史》，人民文学出版社 2011 年版。

⑤ 陈文新：《文言小说审美发展史》，武汉大学出版社 2007 年版，第 96 页。

⑥ 苗壮：《笔记小说史》，浙江古籍出版社 1998 年版，第 84~85 页。

⑦ 参见张乡里：《唐前博物类小说研究》，上海古籍出版社 2015 年版。

⑧ 宁稼雨：《中国文言小说总目提要》，齐鲁书社 1996 年版，第 7 页。

⑨ (唐)李延寿：《南史》卷 76，中华书局 1975 年版，第 1897 页。

意，由文化交流所催生，特别是丝绸之路的开通，促进汉帝国与西域诸国的贸易往来，大量物品诸如动物、植物、香料及日常器物传入汉地，并融入生活。这些物品不仅丰富了汉语语汇，也潜移默化地影响及改变着汉地的审美方式。实际上，“博物”是贯穿此期不同体类小说的一个关键词，因此本书并不局限于对博物体及杂传体小说的探讨，凡是此期笔记小说中有博物类描写及想象色彩的内容均纳入研究范围。具体到文献方面，《汉魏六朝笔记小说大观》《汉魏丛书》《汉唐地理书钞》《古小说钩沉》《唐五代笔记小说大观》《全唐五代小说》《唐五代传奇集》《宋元笔记小说大观》，《太平广记》《全上古三代秦汉三国六朝文》《先秦汉魏晋南北朝诗》，史传文学，佛经翻译文学，以及此期作家之别集均是本书重要的材料来源。

本书的研究思路体现在章节安排之中，全书共分四章：

第一章从远国异民、奇草异木、西域传入之日常物品的角度探讨此期笔记小说中的西域物象。远国异民之想象在《山海经》中已有较为丰富的记载，形体的异变、增生或残缺为其主要形态。《神异经》《海内十洲记》《汉武帝别国洞冥记》《博物志》等小说中的“远国异民”主要承自《山海经》，兼及先秦诸子寓言，与神话传说相附会，异国民俗的书写则渐趋实录。外来动植物是文化交流的重要载体，西域奇草异木包括实用性、观赏性植物，也包括经济作物。遐域草木范围广泛，食用性果木、酒类植物、染料植物、道教植物均有记录，上林奇木为西域移植植物，用于满足上层社会猎奇心理，并成为汉大赋吟咏对象，殊方药物则带有一定的夸张色彩。此期笔记小说载西方物产，以广见闻，并记录远国朝贡之日常物品，以香料、宝镜最为典型。香料书写涉及生活诸多层面，可视为宫廷逸事之侧影，也折射出男性视角下的女性审美。宝镜功能多样，由此开启古典文学镜文化之滥觞。

第二章解读南方风物，以典型性的植物为主兼及南方地理物候。汉魏六朝笔记小说中的“南方”，包括江南、岭南、湖湘、西南等地，随着南方地区的开发，政治、经济、文化中心的迁移，“南方”逐渐成为古典文学中的重要意象。《南方草木状》以北人之眼观南方草木，代表着中原文化对西南、岭南地区物象的接受。《南方草木状》对草木赏色嗅香，调动视觉、嗅觉器官，赏其形状花色，嗅其香气，并将其融入生活。对果木则侧重从味觉的角度，记录果实之口感。该书书写策略体现在三个方面：以常见之物摹写南方草木之状；运用对仗、拟人、比喻等多种文学手法对植物加以描绘，形成了典雅的语言风格；征引已有文献、文学典故、人物逸事、民间传说赋予植物文化意涵，由此构成名物体博物小说显著的文学色彩。《荆楚岁时记》以时间为序，自元日至除夕，记载荆楚节令民俗、风物故事。与时令相对应的植物或用作食物，或用于禳灾祈福、驱鬼辟邪，也是全书写作的重点。岁时节令是人类活动作用于自然而约定俗成，文化特征明显。习俗集会承载着族群关于时间的集体记忆，相较于月令节气，岁时节令的人文色彩可进一步加深家族间的情感维系。《荆楚岁时记》所录民俗丰富多彩，可视为南朝荆楚地区的风俗志。汉魏六朝时期，南方作为未开发的蛮夷之地，不同于中土的地理物候及人伦习俗常受到关注并得到记录。自然环境恶劣、人文民俗落后是关于南方地理物候的普遍认知，不宜久居是中土文化对蛮夷之地的定义。与之相应的，《南方草木状》及《搜神记》《异苑》等志怪小说记载多种疗疾药物，以药用植物最为多见。驱疟是抵御疾病的重要主题，折射出时人对疟病的抗争途径。

第三章探究汉魏六朝笔记小说中的异度空间。误入山林洞窟类故事寄托着乱世之中关于乐土的建构与描绘，或是带有浓厚的道教意蕴。物品不可外携，烘托出异境的神秘，引发阅读者的向往与敬畏。境不复寻见，使得此类小说具有朦胧的审美。上古河伯传说是水域想象的起点，代传讯息是人与水中世界建立关联的契机。对水的恐惧与崇拜形成了献祭的习俗，贵重物品及女性则往往成为祭品，与之形成对比的是，河神形象并不可畏，而是具有鲜明的人情味。“八月浮槎”将视线投向天河，远界遥想的空间越发广阔无垠。墓冢书写与地狱游历承载着他界空间之想象。冢变房屋是生者得以借宿墓冢的方式，鬼之形象则渐由可怖巨大者转而具有人之情态。人鬼遇合类文本预示着入冢类叙事趋向成熟，且基本遵循男子遇合女鬼之性别设置。冢中人复活，多关涉男女情感，可视为此期青年男女婚恋生活之写照。家中人隔代复活则成为前代故事的口述者，是掘墓行为的衍生文本。人鬼间的沟通包括达愿与博弈两类，生人助亡者达愿实则折射出人之精神诉求，人鬼间的博弈往往以人之正气与智慧获胜。地狱描绘源于佛典译介，游历者自述地狱见闻，增强了叙事的可信性。此类故事多为宣教所设，因果业报思想显著，有助于宗教信仰之普及。异境内外时间流逝速度不同是值得注意的关键词。空间内外，须臾经年，不对等的光阴流逝是人物进入异度空间再回归现实的常见叙事。如何理解这种现象，除去小说虚构基础上的情节设置，从苦乐体验与时间感知的角度加以解释，不失为一种有效的路径。

第四章以专题形式，选取动物、梦境、文人雅趣等侧面，研究唐宋笔记小说之转型。汉魏六朝时期，地理书及博物体小说中的动物多为别国朝贡异兽，以“奇”著称。志怪小说所载动物精怪为常见动物，折射出世俗生活及民间想象。唐宋时期，笔记小说保留动物精怪类叙事的同时，又出现宠物书写，以猧子、鹦鹉、蟋蟀较为典型。梦是潜意识的呈现，梦与人之所系之人及物密切相关。梦虽不离于幻，却不可忽视人物内在的欲求与心态。汉魏六朝至唐宋笔记小说中多有梦境书写，入梦、释梦、托梦、同梦、梦中得诗等为其常见形式。梦入异境暗含人生命题之探索，短暂梦境历经人生，南柯一梦显示对生存方式及意义的思索。托梦是生者与死者的情感联结，以母子之情为最。同梦与入他人之梦，多出现在友人之间。“梦中得诗”是诗人反复吟咏后灵感的迸发与梦的预示。对“物”的记录，汉魏六朝重其“奇”，以植物为例，虽摹写其形貌及香气，仍以实用为先。唐宋时期则开掘植物的多元审美，进入审美视野的植物品种多样且称名趋于雅化，观赏方式趋于细致，赏物与创作相联，花事促成文人集会及文学盛事。宋代花卉谱录兴起，莳花体验的融入使植物审美更具私人特质及文人雅趣。

目　录

第一章　西域物象

“两汉魏晋南北朝正史‘西域传’所谓‘西域’乃指玉门关、阳关以西的广大地区。尽管各传的记述详略不一，客观上都包括了今天中亚的全部、西亚和南亚的大部，以及北非和欧洲的一部。”①汉魏六朝笔记小说中的西方物象来源于两个系统，一是《山海经》影响下的地理书中的西方书写，一是文化交流视野下的物品流动。前者富于想象色彩，后者则是与生活相关的具体物品。本章共分三节，从远国异民、奇草异木、日常物品三个方面探讨此期笔记小说中的西域物象。

第一节　远国异民之想象

远国异民之想象在《山海经》中已有较为丰富的记载，形体的异变、增生或残缺为其主要形态。汉魏六朝时期《神异经》《海内十洲记》《汉武帝别国洞冥记》《博物志》等小说中的“远国异民”主要承自《山海经》，兼及先秦诸子寓言，与神话传说相附会，形象渐趋丰满。同时，夸饰色彩有所减弱，且异国民俗的书写渐趋实录。

一、《山海经》中人兽同体之形象

今本《山海经》共十八卷，包括《南山经》《西山经》《北山经》《东山经》

---

① 余太山：《两汉魏晋南北朝正史西域传研究》（上），商务印书馆 2019 年版，第 1 页。

《中山经》《海外南经》《海外西经》《海外北经》《海外东经》《海内南经》《海内西经》《海内北经》《海内东经》《大荒东经》《大荒南经》《大荒西经》《大荒北经》《海内经》。全书以“四方”编排，每一则基本由山水、物产、植物、动物几个部分构成，且动物往往成为描写的重点，涉及外貌、声音、征兆等方面。

“《山海经》，古今语怪之祖。”①是书塑造了大量人兽同体形象，且多附会为神，具体而言可分为人与一兽同体，或人与多兽同体，兽则指走兽、飞禽或是水生、爬行动物，较为常见的有虎、豹、马、牛、羊、犬、鸟、鱼、蛇等，也有颇具想象色彩的龙。

> 自钤山至于莱山，凡十七山，四千一百四十里。其十神者，皆人面而马身，其七神，人面牛身，四足而一臂，操杖以行，是为飞兽之神。②（《西山经》）
>
> 西南四百里曰昆仑之丘，实惟帝之下都，神陆吾司之。其神状虎身而九尾，人面而虎爪。神也，司天之九部及帝之囿时。③（《西山经》）
>
> 崇吾之山至于翼望之山，凡二十三山，六千七百四十四里。其神状皆羊身人面，其祠之礼：用一吉玉瘗，糈用稷米。④（《海外北经》）

上述材料中，人兽同体形象多为人与一兽同体，人面而兽身，形态相对简单。已经进入人类生活的动物与人面之组合，反映出想象的现实依据。“四足而一臂”“其神状虎身而九尾”“相柳者九首，人面蛇身而青”⑤，五官或肢体的增设与重复，进一步凸显此类形象的怪异特征。

人与多兽同体形象，较为典型的是神英招和西王母：

---

① （明）胡应麟：《少室山房笔丛》，上海书店出版社2022年版，第314页。

② 栾保群：《山海经详注》，中华书局2019年版，第78页。

③ 栾保群：《山海经详注》，中华书局2019年版，第92页。

④ 栾保群：《山海经详注》，中华书局2019年版，第112页。

⑤ 栾保群：《山海经详注》，中华书局2019年版，第407页。

又西三百二十里曰槐江之山……神英招司之，其状马身而人面，虎文而鸟翼，徇于四海，其音如榴。①（《西山经》）

又西三百五十里曰玉山，是西王母所居也。西王母状如人，豹尾虎齿而善啸，蓬发戴胜，是司天之厉及五残。②（《西山经》）

神英招为掌管玄圃之神，人面马身，虎文鸟翼，集合三种动物之外形。西王母掌管刑罚，“豹尾虎齿”奠定其威严者形象。汉魏笔记小说《穆天子传》《汉武帝别国洞冥记》虽未直陈西王母外貌，其行为举止已颇具人的样态，至《汉武帝内传》，西王母已经是“年可十六七，服青绫之袿，容眸流眄，神姿清发”的“真美人也”③，可见作为古典文学中频繁出现的文学形象，西王母外形特征经历了从“拟兽化”到“去兽化”的过程，同时其文化内涵也在发生变化。

人兽同体形象还包括动物具有人形，虽言兽，实则与“神”并无太大区别。④ 相较之下，人兽同体之神强调其职责，人兽同体之动物则强调其功用及征兆。

有鸟焉，其状如枭，人面而一足，曰橐𩇯，冬见夏蛰，服之不畏雷。⑤（《西山经》）

有鸟焉，其状如鸱而人足，名曰数斯，食之已瘿。⑥（《西山经》）

---

① 栾保群：《山海经详注》，中华书局 2019 年版，第 89 页。

② 栾保群：《山海经详注》，中华书局 2019 年版，第 98 页。

③ 王根林、黄益元、曹光甫校点：《汉魏六朝笔记小说大观》，上海古籍出版社 1999 年版，第 141～142 页。

④ 人兽同体之神与动物，二者之间并无明显的界限，甚至可以相互转化，如“又西北四百二十里曰钟山。其子曰鼓，其状如人面而龙身……鼓亦化为鵕鸟，其状如鸱，赤足而直喙，黄文而白首，其音如鹄，见即其邑大旱。”（栾保群：《山海经详注》，中华书局 2019 年版，第 85 页）即由神化为鸟。

⑤ 栾保群：《山海经详注》，中华书局 2019 年版，第 56 页。

⑥ 栾保群：《山海经详注》，中华书局 2019 年版，第 63 页。

有鸟焉，其状如雄鸡而人面，名曰凫徯，其名自叫也，见则有兵。①（《西山经》）

有兽焉，其状马身而鸟翼，人面蛇尾，是好举，名曰孰湖。有鸟焉，其状如鸮而人面，蜼身犬尾，其名自号也，见则其邑大旱。②（《西山经》）

上述鸟兽形象或具人面，或具人形，可谓上古鸟崇拜的写照。鸟之双翼可自由移动，且速度飞快，不受空间限制，很容易引发人类的向往。《诗经·玄鸟》："天命玄鸟，降而生商。"③《史记·殷本纪》："殷契，母曰简狄，有娀氏之女，为帝喾次妃。三人行浴，见玄鸟堕其卵，简狄取吞之，因孕生契。"④简狄吞玄鸟之卵孕生商之始祖，神话的"历史化"折射出鸟崇拜的普遍存在与深入人心。动物出现对应的自然征兆或动物之功用，实则原始先民在观察自然现象基础上的经验总结，并寄托着一定的心理信仰。

不可否认，先民对动物的认知具有一定的局限性。如"鹦鹉"之记载，"又西百八十里曰黄山……有鸟焉，有其状如鸮，青羽赤喙，人舌能言，名曰鹦鴞"⑤。鹦鹉能言，在先民眼中属"怪异"现象。实际上，鹦鹉仅仅"学舌"，并非如人类一样可以运用语言系统自主言说，因其可以模仿人类语言而认为鹦鹉具有人一样的舌头，反映出先民认知的偏差。

《山海经》中人兽同体形象的大量出现，一定程度上反映出原始先民希冀具有动物的力量，借此突破人的有限性的渴求。"伏牺龙身，女娲蛇躯。"⑥对动物的关注，主要侧重其生殖能力及权力威严的象征，由此形成的图腾崇拜也可见一斑。

---

① 栾保群：《山海经详注》，中华书局 2019 年版，第 73 页。
② 栾保群：《山海经详注》，中华书局 2019 年版，第 127 页。
③ 程俊英、蒋见元：《诗经注析》，中华书局 1991 年版，第 1030 页。
④ （汉）司马迁著：《史记》，中华书局 2009 年版，第 12 页。
⑤ 栾保群：《山海经详注》，中华书局 2019 年版，第 64 页。
⑥ （晋）郭璞：《玄中记》，鲁迅《古小说钩沉》，齐鲁书社 1997 年版，第 233 页。

二、笔记小说中的远国异民

《山海经》中的“远国异民”，较之于常人，多是增加或减少器官即形体的异变、增生或残缺，① 又或是饮食、装扮、习俗方面具有一定的独特性。概括而言，远国有大人国、一目国、聂耳国、无肠国、无脊国、深目国、黑齿国、玄股国、跂踵国、一臂国、三身国、君子国、小人国、白民国、羽民国、卵民国、蜮民国、女子国、丈夫国等，国名即因异民而得。“《山海经》中自我认知与异族想象包含了一定的华夏自我中心主义，但是也包含着对于异族和异族文化的尊重与包容。”②述奇与尚异并存，夸饰与虚构相间成为“远国异民”取材的主要特征。

汉魏六朝笔记小说中的“远国异民”显然来自《山海经》，直接引用或发挥重构是二者互文的方式。值得注意的是，如前所揭，《山海经》中人兽同体之形象多为神或兽，此期笔记小说则将其定义为“人”，且笔触更为详细。③ 总体而言，此期笔记小说中“远国异民”最显著的特点是身形的极大与极小：

> 西北海外有人，长二千里，两脚中间相去千里，腹围一千六百里。但日饮天酒五斗，不食五谷鱼肉，唯饮天酒。忽有饥时，向天仍饮。好游山海间，不犯百姓，不干万物，与天地同生，名曰无路之

① 参见李胜楠：《〈山海经〉中“远国异人”形象研究》，长春理工大学硕士学位论文，2021 年，第 18~27 页。

② 陈连山：《〈山海经〉对异族的想象与自我认知》，《北京大学学报》(哲学社会科学版)2012 年第 1 期，第 49 页。

③ 如(汉)东方朔：《神异经·西荒经》：“西荒之中有人焉，长短如人，著百结败衣，手虎爪，名曰獏㺑。伺人独行，辅食人脑，或舌出盘地丈余，人先开其声，烧大石以投其舌，乃气绝而死。不然食人脑矣。”(王根林、黄益元、曹光甫校点：《汉魏六朝笔记小说大观》，上海古籍出版社 1999 年版，第 54 页)；(汉)东方朔：《神异经·西北荒经》：“西北荒有人焉，人面朱发，蛇身人手足，而食五谷禽兽。贪恶愚顽，名曰共工。”(王根林、黄益元、曹光甫校点：《汉魏六朝笔记小说大观》，上海古籍出版社 1999 年版，第 56 页)

人，一名仁，一名信，一名神。① (《神异经·西北荒经》)

太初四年，东方朔从支提国来。国人长三丈二尺，三手三足，各三指，多力，善走。② (《汉武帝别国洞冥记》卷2)

极大之人，身长千里数丈，体型巨大且寿命极长。很显然，非世间常人所能比拟。“日饮天酒五斗，不食五谷鱼肉”，饮食的不同，一定程度上解释了其体型巨大的原因。除了极大之人，笔记小说也记载了很多极大之“物”，如举一螯可加于山的北海之蟹，背负蓬莱周游千里的巨龟，行海者七日才可从鱼头行至鱼尾的巨鱼，通天入泉之扶桑，大如十斛笼之桃实等,③ 均显示出人类对极大之物的想象与描述。

与极大之人相对的是极小之人，身长不过数寸：

西海之外有鹄国焉，男女皆长七寸。为人自然有礼，好经纶拜跪。其人皆寿三百岁。其行如飞，日行千里。百物不敢犯之，唯畏海鹄，过辄吞之，亦寿三百岁。此人在鹄腹中不死，而鹄一举千里。④ (《神异经·西荒经》)

西北荒中，有小人，长一分。其君朱衣玄冠，乘辂车马，引为威仪。居人遇其乘车，抓而食之，其味辛，终年不为物所咋。⑤ (《神异经·西北荒经》)

勒毕国，人长三寸，有翼，善言语戏笑，因名善语国。常群飞往

---

① 王根林、黄益元、曹光甫校点：《汉魏六朝笔记小说大观》，上海古籍出版社1999年版，第56页。

② 王根林、黄益元、曹光甫校点：《汉魏六朝笔记小说大观》，上海古籍出版社1999年版，第129~130页。

③ (晋)郭璞：《玄中记》，鲁迅：《古小说钩沉》，齐鲁书社1997年版，第234页。

④ (汉)东方朔：《神异经》，王根林、黄益元、曹光甫校点：《汉魏六朝笔记小说大观》，上海古籍出版社1999年版，第55页。

⑤ 王根林、黄益元、曹光甫校点：《汉魏六朝笔记小说大观》，上海古籍出版社1999年版，第56页。

日下自曝，身热乃归。饮丹露为浆。① (《汉武帝别国洞冥记》卷2)

有五味草，初生昧甘，花时味酸，食之使人不眠，名曰却睡草。末多国献此草。此国人长四寸，织麟毛为布，以文石为，人形虽小，而屋宇崇旷，织凤毛锦，以锦为帷幕也。② (《汉武帝别国洞冥记》卷3)

从数量上而言，此期笔记小说中的极小之人远超过极大之人。极小之人与常人身高所去甚远，相对于《山海经》中的“小人国”，《神异经》《汉武帝别国洞冥记》以想象的笔触补充极小之人的习性及生活。西域诸国与汉地人种不同，传闻基础上的形象建构，在文化心理方面，则是华夏中心论的彰显。

笔记小说中的极大、极小之人，主要源于《山海经》中的同类形象，同时也不可忽视先秦诸子寓言，特别是《庄子》的影响。《庄子》中身长数万里的鲲鹏，临东海垂钓巨鱼的任公子皆是极大的形象，而蜗角中相争且伏尸数万的触蛮二氏又是何等之小！笔记小说吸收诸子寓言，并非关注其说理成分，而是夸饰及想象色彩，从而满足时人“广见闻”的心理需求。③

此期笔记小说中“远国异民”的另一个特征是与神话传说相附会：

大人国，其人孕三十六年，生白头，其儿则长大，能乘云而不能走，盖龙类。④ (《博物志》卷2)

① (汉)郭宪：《汉武帝别国洞冥记》，王根林、黄益元、曹光甫校点：《汉魏六朝笔记小说大观》，上海古籍出版社1999年版，第129页。

② 王根林、黄益元、曹光甫校点：《汉魏六朝笔记小说大观》，上海古籍出版社1999年版，第132页。

③ 可稍作补充的是，后世志怪小说中极小之人出现往往预示着社会秩序的失常及人物命运之走向：(晋)干宝：《搜神记》卷12“王莽建国四年，池阳有小人景，长一尺余，或乘车，或步行，操持万物，大小各自相称，三日乃止。莽甚恶之。自后盗贼日甚，莽竟被杀。”(王根林、黄益元、曹光甫校点：《汉魏六朝笔记小说大观》，上海古籍出版社1999年版，第371页)

④ (晋)张华：《博物志》卷2，王根林、黄益元、曹光甫校点：《汉魏六朝笔记小说大观》，上海古籍出版社1999年版，第190页。

> 穿胸国，昔禹平天下，会诸侯会稽之野，防风氏后到，杀之。夏德之盛，二龙降庭。禹使范成光御之，行域外。既周而还至南海，经防风，防风之神二臣以涂山之戮，见禹使，怒而射之，迅风雷雨，二龙升去。二臣恐，以刃自贯其心而死。禹哀之，乃拔其刃疗以不死之草，是为穿胸民。①（《博物志》卷2）
>
> 丈夫民：殷帝太戊，使王英采药于西王母。至此绝粮，不能进，乃食木实，衣以木皮。终身无妻，产子二人，从背胁间出，其父则死。是为丈夫民。去玉门二万里。②（《玄中记》）

《博物志》卷2所录“外国”“异民”显然源自《山海经》，但增添了神话传说。“大人国”在《山海经》中仅言其身躯高大，《博物志》则附会其处胎时间异于常人并推测或为龙类。“贯胸国”在《山海经》中仅一笔带过“其为人匈有窍”③，后《淮南子》《括地图》进一步敷衍，④至《博物志》已借助禹与防风氏及其二臣之恩怨解释了“贯胸”之由来，叙事曲折且完整，可见此传说流布甚广。《玄中记》所载“丈夫民”最值得关注的是背胁间出子的繁衍方式，与“鲧腹生禹”神话相类，即缺少女性参与，男子从身体分裂出后代，并由此终结生命。随着神话的“历史化”，此类故事在后世文学中并不多见。

无独有偶，《神异经》中的“远国异民”也增添了神话传说的成分。如《西荒经》：“西海水上有人，乘白马朱鬣，白衣玄冠，从十二童子，驰马西海水上，如飞如风，名曰河伯使者。或时上岸，马迹所及，水至其处。

---

① 王根林、黄益元、曹光甫校点：《汉魏六朝笔记小说大观》，上海古籍出版社1999年版，第190页。

② （晋）郭璞：《玄中记》，鲁迅：《古小说钩沉》，齐鲁书社1997年版，第233~234页。

③ 栾保群：《山海经详注》，中华书局2019年版，第369页。

④ 参见王淼：《从历史“方国”到神话“异国”的断裂与重构——基于〈山海经·海外南经〉“贯匈国”的考证》，《民族学刊》2022年第6期。

所之之国，雨水滂沱，暮则还河。”①以河伯使者来去自如的踪迹解释了降雨的由来，丰富了古代神话系统。

三、笔记小说中的别国民俗

《博物志》《搜神记》《拾遗记》等小说对西域别国民俗的记录渐趋写实，主要体现在以下几个方面：

一是地理环境。《博物志》卷 8：“自燉煌西涉流沙往外国，沙石千余里，中无水，时则有沃流处，人莫能知，皆乘骆驼，骆驼知水脉，过其处辄停不肯行，以足蹋地，人于其蹋处掘之，辄得水。”②描写了西域沙漠地貌，由于水资源奇缺，欲获水源多赖骆驼，可见骆驼很早即融入当时居民的生活。《拾遗记》卷 6：“张掖郡有郅族之盛，因以名也。郅奇字君珍，居丧尽礼。所居去墓百里，每夜行，常有飞鸟衔火夹之，登山济水，号泣不息，未尝以险难为忧，虽夜如昼之明也。以泪洒石则成痕，着朽木枯草，必皆重茂。以泪浸地即碱，俗谓之‘碱乡’。”③对张掖地区地理环境的介绍，以传说的形式解说地貌之由来。

二是民之外貌及性格，五方人民皆有评介，指出生活环境对外貌及性格之影响。

> 东方少阳，日月所出，山谷清，其人佼好。
>
> 西方少阴，日月所入，其土窈冥，其人高鼻、深目、多毛。
>
> 南方太阳，土下水浅，其人大口多傲。
>
> 北方太阴，土平广深，其人广面缩颈。

---

① 王根林、黄益元、曹光甫校点：《汉魏六朝笔记小说大观》，上海古籍出版社 1999 年版，第 55 页。

② 王根林、黄益元、曹光甫校点：《汉魏六朝笔记小说大观》，上海古籍出版社 1999 年版，第 220 页。

③ （前秦）王嘉：《拾遗记》卷 6，王根林、黄益元、曹光甫校点：《汉魏六朝笔记小说大观》，上海古籍出版社 1999 年版，第 531 页。

中央四析，风雨交，山谷峻，其人端正。① (《博物志》卷 1)

西方诸国，人种不同于中土，“高鼻”“深目”“多毛”基本概括其外貌特征。《博物志》论及五方人民之观点基本为后世所承继，如《酉阳杂俎》：“东方之人，鼻大，窍通于目，筋力属焉。南方之人，口大，窍通于耳。西方之人，面大，窍通于鼻。北方之人，窍通于阴，短颈。中央之人，窍通于口。”②笔记小说对五方人民的外貌点评显然是以中土为中心得出的结论，唯“中央四析，风雨交，山谷峻，其人端正”。《搜神记》则从“气”的角度，解释环境对人心性之塑造，“中土多圣人，和气所交也；绝域多怪物，异气所产也。苟禀此气，必有此形；苟有此形，必生此性”③。

三是远国习俗。“西方有因霄之国，人皆善啸。丈夫啸闻百里，妇人啸闻五十里，如笙竽之音，秋冬则声清亮，春夏则声沉下。”④写西方国民善啸，趋于写实，仅距离略显夸张。“秦之西有义渠国，其亲戚死，聚柴积而焚之熏之，即烟上渭之登遐，然后为孝。此上以为政，下以为俗，中国未足为非也。”⑤写义渠国火葬之俗，不同于中土之土葬。整体而言，远国之地理国俗，随着认知的扩大，写实成分增多，仍保留一定的想象色彩。远国异民的书写并非止步于汉魏六朝时期，唐代笔记小说仍见载录。

---

① (晋) 张华：《博物志》卷 1，王根林、黄益元、曹光甫校点：《汉魏六朝笔记小说大观》，上海古籍出版社 1999 年版，第 188 页。

② (唐) 段成式：《酉阳杂俎》卷 4，丁如明等校点：《唐五代笔记小说大观》，上海古籍出版社 2000 年版，第 590 页。

③ (晋) 干宝：《搜神记》卷 12，王根林、黄益元、曹光甫校点：《汉魏六朝笔记小说大观》，上海古籍出版社 1999 年版，第 369 页。

④ (前秦) 王嘉：《拾遗记》卷 5，王根林、黄益元、曹光甫校点：《汉魏六朝笔记小说大观》，上海古籍出版社 1999 年版，第 527 页。

⑤ (晋) 张华：《博物志》卷 2，王根林、黄益元、曹光甫校点：《汉魏六朝笔记小说大观》，上海古籍出版社 1999 年版，第 192 页。

第二节 奇草异木之书写

"'丝绸之路'是今天我们称呼古代中国经中亚通往南亚、西亚以及欧洲、北非的贸易、文化交往之路的名称，因为大量的中国丝绸经由此路西传，故此称作'丝绸之路'，简称'丝路'，但事实上，不论是丝绸、玉器、宝石、香料、药材、陶瓷、珍禽、异兽等物质层面的物品，还是佛教、琐罗亚斯德教(祆教)、景教、摩尼教、伊斯兰教、儒家思想、道教、占星术等思想层面的结晶，都是通过这条东西交往的道路双向交流的。"①丝绸之路是沟通东西方文明的重要桥梁，由此带来地理空间的双向发现与东西文化的互鉴。

随着丝绸之路的开拓，西域物品得到记录并传入汉室。外来动植物是文化交流的重要载体，② 西域奇草异木包括实用性、观赏性植物，也包括经济作物，笔记小说侧重载录前者。遐域草木范围广泛，食用性果木、酒类植物、染料植物、道教植物均有记录，上林奇木为西域移植植物，用于满足上层社会猎奇心理，并成为汉大赋吟咏对象，殊方药物则带有一定的夸张色彩。

一、遐域草木

汉魏六朝笔记小说中的西域植物可分为食用性果木、酿酒、醒酒植物、染料植物、道教植物四类，为便于讨论，现将相关文献统计如下：

---

① 荣新江：《丝绸之路与东西文化交流》，北京大学出版社 2015 年版，第 3 页。

② 本节暂不讨论西域进贡动物，珍禽异兽之载录可参见本书第四章第一节"从'奇物'到'宠物'：动物书写之转型"。

序号	植物名称	产地	文献出处
1	声风木	西那汗国	《汉武帝别国洞冥记》
2	碧草	瑶琨	《汉武帝别国洞冥记》
3	紫轻梨	涂阴	《汉武帝别国洞冥记》
4	韩终李	琳国	《汉武帝别国洞冥记》
5	明茎草(照魅草)		《汉武帝别国洞冥记》
6	梦草		《汉武帝别国洞冥记》
7	凤葵草		《汉武帝别国洞冥记》
8	五味草	末多国	《汉武帝别国洞冥记》
9	龙爪薤	乌哀国	《汉武帝别国洞冥记》
10	掌中芥(蹑空草)		《汉武帝别国洞冥记》
11	紫柰(暗衣柰)		《汉武帝别国洞冥记》
12	细枣		《汉武帝别国洞冥记》
13	龙肝瓜		《汉武帝别国洞冥记》
14	芳苡		《汉武帝别国洞冥记》
15	苜蓿	西域	《西京杂记》
16	蒲萄	西域	《博物志》
17	胡桃	西域	《西京杂记》
18	安石榴	西域	《西京杂记》
19	酒杯藤	西域	《古今注》
20	青田核	乌孙国	《古今注》
21	燕支	西域	《古今注》
22	穹隆瓜	燉煌	《拾遗记》
23	巨核桃	恒山	《拾遗记》
24	望舒草	浮支国	《拾遗记》
25	蔓金苔	祖梁国	《拾遗记》

一是可食用果木，如紫轻梨、韩终李、胡桃、安石榴等，其中紫轻梨的描写不乏夸饰之笔触。“涂山之背，梨大如升，或云斗。紫色，千年一花，亦曰紫轻梨。”①梨子的大小及生长周期都不同寻常。

二是用于造酒、醒酒之植物，如碧草、蒲萄、酒杯藤、青田核。

> 瑶琨，去玉门九万里，有碧草如麦。割之以酿酒，则味如醇酎，饮一合，三旬不醒。但饮甜水，随饮而醒。②（《汉武帝别国洞冥记》卷2）
>
> 西域有蒲萄酒，积年不败，彼俗云：“可十年饮之，醉弥月乃解。”所食逾少，心开逾益，所食逾多，心逾塞，年逾损焉。③（《博物志》卷5）
>
> 酒杯藤，出西域。藤大如臂，叶似葛，花实如梧桐。实花坚，皆可以酌酒。自有文章，映彻可爱。实大如指，味如豆蔻，香美消酒，土人提酒来至藤下，摘花酌酒，仍以实销醒，国人宝之，不传中土。④（《古今注》卷下）

第一则材料介绍用来酿酒的碧草，所酿之酒为“瑶琨碧酒”，“饮一合，三旬不醒”，醉酒时长往往成为好酒的衡量标准。“但饮甜水，随饮而醒”为解酒之法，《汉武帝别国洞冥记》亦载甜水所在地，“去虞渊八十里”“水甜如蜜”⑤而得名。第二则为葡萄酒，存放时间极长，同时也指出饮用需适

① （汉）郭宪：《汉武帝别国洞冥记》卷2，王根林、黄益元、曹光甫校点：《汉魏六朝笔记小说大观》，上海古籍出版社1999年版，第128页。

② 王根林、黄益元、曹光甫校点：《汉魏六朝笔记小说大观》，上海古籍出版社1999年版，第206页。

③ 王根林、黄益元、曹光甫校点：《汉魏六朝笔记小说大观》，上海古籍出版社1999年版，第206页。

④ （晋）崔豹：《古今注》卷下，王根林、黄益元、曹光甫校点：《汉魏六朝笔记小说大观》，上海古籍出版社1999年版，第245页。

⑤ （汉）郭宪：《汉武帝别国洞冥记》卷2，王根林、黄益元、曹光甫校点：《汉魏六朝笔记小说大观》，上海古籍出版社1999年版，第128页。

量，少则有益，多则致损。第三则为酒杯藤，花可酌酒，以花朵作酒杯“自有文章，映彻可爱”，果实则可醒酒。《古今注》同卷又载乌孙国青田核，注清水则成酒，随喝随制，可供二十余人同饮。

三是用于染料之植物，以燕支最为典型。“燕支，叶似蓟，花似蒲公。出西方。土人以染，名为燕支，中国人谓之红蓝，以染粉为面色，谓为燕支粉。今人以重绛为燕支，非燕支花所染也。燕支花所染，自为红蓝尔。旧谓赤白之间为红，即今所谓红蓝也。”①燕支花可直接作为染料，也可提炼成粉，成色为红蓝，即浅红而非重绛。

四是道教植物，早期笔记小说中较为多见，多出现于武帝故事。

> (细枣)万年一实，如今之软枣。咋之有膏，膏可燃灯，西王母握以献帝。②（《汉武帝别国洞冥记》卷2）
>
> 因呼帝共坐，帝南面，向王母。母自设膳，膳精非常。丰珍之肴，芳华百果，紫芝萎蕤，纷若填樏。清香之酒，非地上所有，香气殊绝，帝不能名也。又命侍女索桃，须臾，以盘盛桃七枚，大如鸭子，形圆，色青，以呈王母。母以四枚与帝，自食三桃。桃之甘美，口有盈味。帝食辄录核。母曰：“何谓?”帝曰：“欲种之耳。”母曰：“此桃三千岁一生实耳，中夏地薄，种之不生如何!”帝乃止。③（《汉武帝内传》）

道教色彩浓厚的《汉武帝别国洞冥记》《汉武帝内传》《海内十洲记》均提及王母所赐枣与桃，“万年一实”“三千岁一生实”渲染其作为道教仙物的神奇特征。尤其是桃，成为后世道教小说中反复出现的果木。上引《汉武帝内

① (晋)崔豹：《古今注》卷下，王根林、黄益元、曹光甫校点：《汉魏六朝笔记小说大观》，上海古籍出版社1999年版，第246页。

② 王根林、黄益元、曹光甫校点：《汉魏六朝笔记小说大观》，上海古籍出版社1999年版，第127页。

③ 《汉武帝内传》，王根林、黄益元、曹光甫校点：《汉魏六朝笔记小说大观》，上海古籍出版社1999年版，第142页。

传》详细描绘王母降临之场景，先是侍女出场，继而为盛大的音乐演奏，王母驾九色斑龙，在五十天仙的拥护下缓缓入殿。王母所设膳食，非人间所有，其他食物以“不能名”也一言带之，而详写七桃。“大如鸭子，形圆，色青”，颜色不同于常见之桃，武帝爱其甘美，欲收核而种，王母劝阻，再一次烘托出仙界之物可遇而不可求。

二、园林奇木

西域植物传入中土者多移植园林，用于观赏，以满足上层社会猎奇之心理，并被广泛记载于不同的文类之中。“体物”是汉赋的主要内容及写作策略，外来珍异奇物成为汉赋的吟咏对象，特别体现在《文选》所列“京都”“田猎”“鸟兽”类大赋。武帝“尤好辞赋，每所行幸及奇兽异物，辄命相如等赋之。”①“《三都》《两京》赋，言木则若干，言鸟则若干，必待搜辑群书，广采风土，然后成文。果能才藻富艳，便倾动一时。”②汉大赋记载都城苑囿物类之隆盛，一定程度上是为社会奢靡之风气所催生。此期笔记小说记载的园林有汉武帝上林苑，梁孝王兔园，汉明帝霜林园、灵禽园，另有富人所建私家园林，以上林苑最为壮观。

> 初修上林苑，群臣远方，各献名果异树，亦有制为美名，以标奇丽。梨十：紫梨、青梨、芳梨、大谷梨、细叶梨、缥叶梨、金叶梨、瀚海梨、东王梨、紫条梨。枣七：弱枝枣、玉门枣、棠枣、青华枣、樗枣、赤心枣、西王枣。栗四：侯栗、榛栗、瑰栗、峄阳栗。桃十：秦桃、榹桃、缃核桃、金城桃、绮叶桃、紫文桃、霜桃、胡桃、樱桃、含桃。李十五：紫李、绿李、朱李、黄李、青绮李、青房李、同心李、车下李、含枝李、金枝李、颜渊李、羌李、燕李、蛮李、侯

---

① 《汉武故事》，王根林、黄益元、曹光甫校点：《汉魏六朝笔记小说大观》，上海古籍出版社1999年版，第170页。

② （清）袁枚著，顾学颉点校：《随园诗话》，人民文学出版社1982年版，第7页。

> 李。柰三：白柰、紫柰、绿柰。查三：蛮查、羌查、猴查。椑三：青椑、赤叶椑、乌椑。棠四：赤棠、白棠、青棠、沙棠。梅七：朱梅、紫叶梅、紫花梅、同心梅、丽枝梅、燕梅、猴梅。杏二：文杏、蓬莱杏。、桐三：椅桐、梧桐、荆桐。林檎十株，枇杷十株，橙十株，安石榴十株，楟十株，白银树十株，黄银树十株，槐六百四十株，千年长生树十株，万年长生树十株，扶老木株，守宫槐十株，金明树二十株，摇风树十株，鸣风树十株，琉璃树七株，池离树十株，离娄树十株，楠四株，枞七株，白俞、枸、杜、构桂、蜀漆树十株，栝十株，楔四株，枫四株。余就上林令虞渊得朝臣所上草木名二千余种。邻人石琼就余求借，一皆遗弃。今以所记忆，列于篇右。①（《西京杂记》卷1）

上林苑为汉武帝所建，苑囿极为广阔，奇果异木、灵禽异兽应有尽有。植物不仅来自西域，南方、东方之物产皆纳入此园，且品类繁盛。同一种植物，少则数种，多则十余种。珍稀木类，少则数株，多则数百株。据《西京杂记》，上林苑草木两千余种，结合《上林赋》所载热带植物，如槟榔、椰子、荔枝、棕榈，显然很难适应长安气候环境，故而难免有夸饰成分。遐域动植物的进贡与传入，是汉武帝文治武功的象征。地理空间探索足迹的延伸、远国朝供的文化中心意识，无不彰显着汉帝国的昌盛繁荣。

在奢靡之风的影响下，建造园林成为身份、见识与地位的显耀。除宫廷外，富人私家园林也偏重珍奇怪兽、殊木艳卉，将远方植物移植眼前，欣赏之外的独有心理带来个体极大的满足之感。“茂陵富人袁广汉，藏镪巨万，家僮八九百人。于北邙山下筑园，东西四里，南北五里，激流水注其内。构石为山，高十余丈，连延数里。养白鹦鹉、紫鸳鸯、牦牛、青兕，奇兽怪禽，委积其间……奇树异草，靡不具植。屋皆徘徊连属，重阁

① 王根林、黄益元、曹光甫校点：《汉魏六朝笔记小说大观》，上海古籍出版社1999年版，第83~84页。

修廊，行之，移晷不能遍也。广汉后有罪诛，没入为官园，鸟兽草木，皆移植上林苑中。”①私家园林并入官园，外来动植物资源集中，再一次扩大上林苑的规模。

三、殊方药物

对药物的认知与记载，伴随人类的发展。《博物志》卷 4 设有《药物》《药论》《食忌》《药术》，主要是对前代药物书籍的摘录，未言其产地及具体药效，较为简略。此期笔记小说中的远方药物多为起死回生之草木，或是疗疾疫之香，② 带有一定的传闻性质，兹列表如下：

序号	药用植物	产地	文献出处
1	梦草		《汉武帝别国洞冥记》
2	马肝石(何首乌)	郅支国	《汉武帝别国洞冥记》
3	反魂树	月支国	《海内十洲记》
4	不死之草	西域	《海内十洲记》
5	兜末香	兜渠国	《汉武故事》
6	采华之树	西域	《玄中记》
7	活人草	日支国	《述异记》

首先是起死回生之草木，如《海内十洲记》“不死之草，草形如菰苗，长三四尺，人已死三日者，以草覆之，皆当时活也，服之令人长生。昔秦始皇大苑中，多枉死者横道，有鸟如乌状，衔此草覆死人面，当时起坐而

① (汉)刘歆：《西京杂记》卷 3，王根林、黄益元、曹光甫校点：《汉魏六朝笔记小说大观》，上海古籍出版社 1999 年版，第 96 页。

② 可疗疾疫之香纳入本节讨论范围，用于上层社会装饰或享乐之香料则纳入下节“西域传入之日常物品”。

自活也。"①以草覆面，虽死三日亦可即可复活。医疗条件有限的时期，人的寿命相对短暂，不死草的记载，实则反映时人渴求延续生命之心理。

其次是西域所献疗疾疫之香：

> 汉武帝时，弱水西国有人乘毛车以渡弱水来献香者，帝谓是常香，非中国之所乏，不礼其使。留久之，帝幸上林苑，西使千乘舆闻，并奏其香。帝取之看，大如鸾卵，三枚，与枣相似。帝不悦，以付外库。后长安中大疫，宫中皆疫病。帝不举乐，西使乞见，请烧所贡香一枚，以辟疫气。帝不得已，听之，宫中病者登日并差。②（《博物志》卷2）

烧香以抵御时疫，又见于《海内十洲记》《汉武故事》。《海内十洲记》载录详细，香有多名，惊精、震灵丸、反生、震檀香、人鸟精、却死香皆为其名，并记录制作过程，伐反魂树根，煮而取汁再煎令成丸。此类故事带有一定的理想色彩，疾疫引发民众恐惧，直接干扰社会正常生活及秩序，无法找到克服途径，便寄希望于外来药物。

可稍作补充，关于何首乌的记载虽文笔夸张，但基本符合药理。"元鼎五年，郅支国贡马肝石百斤……舂碎以和九转之丹，服之，弥年不饥渴也。以之拂发，白者皆黑。"③另有采华之树"服之则通万国之言"④，近乎无稽之谈，但也揭示出东西经济贸易及文化交流语境下对掌握多种语言的重视与渴求。

---

① 王根林、黄益元、曹光甫校点：《汉魏六朝笔记小说大观》，上海古籍出版社1999年版，第65页。

② 王根林、黄益元、曹光甫校点：《汉魏六朝笔记小说大观》，上海古籍出版社1999年版，第193页。

③ （汉）郭宪：《汉武帝别国洞冥记》卷2，王根林、黄益元、曹光甫校点：《汉魏六朝笔记小说大观》，上海古籍出版社1999年版，第127页。

④ （晋）郭璞：《玄中记》，鲁迅：《古小说钩沉》，齐鲁书社1997年版，第237页。

承上所述，西域奇草异木在早期笔记小说中写实与夸饰并存，带有一定的传闻与虚构成分。外来植物的书写到了《拾遗记》中略有新变，即进一步描写植物返回原产地或下落不明，由此折射出国运之变。“太始十年，有浮支国献望舒草，其色红，叶如荷，近望则如卷荷，远望则如舒荷，团团似盖。亦云，月出则荷舒，月没则叶卷。植于宫中，因穿池广百步，名曰望舒荷池。愍帝之末，移入胡，胡人将种还胡中。至今绝矣，池亦填塞。”①唐王朝与西域贸易往来更为频繁，外来植物继续涌入。《酉阳杂俎》卷18对此有较为详细的记录，如栀子、娑罗、菩提树、贝多、龙脑香树、安息香树、婆那娑树、波斯枣、偏桃、波斯皂荚、胡椒、白豆蔻、荜拨、阿勃参、齐暾树、捺祇，野悉蜜等，或偏重其宗教意义，或载其用于香料、食物、药物等，已倾向全然写实。总体而言，外来植物丰富了汉语词汇，推动新文体的表现范围，并随着文学的发展，凝固成一定的文学意象。同时，不同文体的文学创作也扩大了物品的影响力。

第三节　西域传入之日常物品

“远国来朝，是中原王朝文治武功的理想境界。”②物品往来是汉帝国与西域诸国外交沟通的重要方式。此期笔记小说载西方物产，以广见闻，并记录远国朝贡之日常物品，如刀剑、衣着、珠宝、乐器、装饰品等，以香料、宝镜最典型。香料书写涉及生活诸多层面，可视为宫廷逸事之侧影，也折射出男性视角下的女性审美。宝镜功能多样，由此开启古典文学镜文化之滥觞。

---

① （前秦）王嘉：《拾遗记》卷9，王根林、黄益元、曹光甫校点：《汉魏六朝笔记小说大观》，上海古籍出版社1999年版，第555页。

② 余太山：《两汉魏晋南北朝正史西域传研究》（上），商务印书馆2019年版，第2页。

一、西域物产及进献概况

晋郭璞《玄中记》对西域部分国家物产作了记录，如大月氏出玛瑙，天竺国出车渠，大秦国出削玉刀、金指环、颇黎等。①《海内十洲记》《汉武帝别国洞冥记》《西京杂记》《博物志》《拾遗记》等小说记载西域传入之日常物品可罗列如下：

序号	器物名称	产地	文献出处
1	神精香草（荃蘼、春芜）	波祇国（波弋国）	《汉武帝别国洞冥记》
2	吉光裘	西域	《海内十洲记》《西京杂记》
3	宝镜	身毒国	《西京杂记》
4	连环羁	身毒国	《西京杂记》
5	琥珀枕	西域	《西京杂记》
6	香	弱水西国	《博物志》
7	续弦胶	西海国	《海内十洲记》《博物志》
8	火浣布	西域	《博物志》
9	切玉刀	昆吾氏	《博物志》
10	兰金之泥	浮忻国	《拾遗记》
11	网衣	渠搜国	《拾遗记》
12	青铁砚	于阗国	《拾遗记》
13	茵墀香	西域	《拾遗记》
14	沉水香	西域	《拾遗记》
15	辟寒香丹	丹国	《述异记》

① （晋）郭璞：《玄中记》：“金刚出天竺大秦国，一名削玉刀。削玉如铁刀削木。大者长尺许，小者如稻米。欲刻玉时，当作大金环，著手指间，开其背如月，以割玉刀内环中，以刻玉。”“天竺大秦国出金指环。”“马瑙出大月氏。”“车渠出天竺国。”“大秦国有五色颇黎，红色最贵。”（鲁迅：《古小说钩沉》，齐鲁书社 1997 年版，第 240 页）

上表所列西域进贡物品为中土所缺，涉及生活的多个侧面，包括香料、衣着、刀剑、室内器物等。中土对待贡品的态度并不完全统一，重视、忽视或销毁是最常见的方式。

首先是重视与接收：

> 武帝时，西域献吉光裘，入水不濡。上时服此裘以听朝。①（《西京杂记》卷1）
>
> 赵飞燕为皇后，其女弟在昭阳殿，遗飞燕书曰："今日嘉辰贵姊懋膺洪册，谨上襚三十五条，以陈踊跃之心：金华紫轮帽，金华紫轮面衣，织成上襦，织成下裳，五色文绶，鸳鸯襦，鸳鸯被，鸳鸯褥，金错绣裆，七宝綦履，五色文玉环，同心七宝钗，黄金步摇，合欢圆珰，琥珀枕，龟文枕，珊瑚玦，马脑彄，云母扇，孔雀扇，翠羽扇，九华扇，五明扇，云母屏风，琉璃屏风，五层金博山香炉，回风扇，椰叶席，同心梅，含枝李，青木香，沈水香，香螺卮，九真雄麝香，七枝灯。"②(《西京杂记》卷1)

第一则材料武帝着西域所献吉光裘听朝，显示出对外来物品的接受与喜爱。"吉光毛裘黄色，盖神马之类也。裘入水数日不沉，入火不焦"③，实为新奇保暖之物。第二则材料昭仪赠飞燕之物多来自外国，琥珀枕、珊瑚玦、孔雀扇、云母屏风、香螺卮等，以外来物品装饰室内，是文化大交流时期外物毕集的新风尚，也是宫廷奢华生活的典型体现。

其次为忽视，初见未识其效用，待见其功效转而重视：

---

① 王根林、黄益元、曹光甫校点：《汉魏六朝笔记小说大观》，上海古籍出版社1999年版，第79页。

② 王根林、黄益元、曹光甫校点：《汉魏六朝笔记小说大观》，上海古籍出版社1999年版，第84~85页。

③ （汉）东方朔：《海内十洲记》，王根林、黄益元、曹光甫校点：《汉魏六朝笔记小说大观》，上海古籍出版社1999年版，第66页。

> 凤麟洲在西海之中央，地方一千五百里。洲四面有弱水绕之，鸿毛不浮，不可越也。洲上多凤麟，数万各为群。又有山川池泽，及神药百种，亦多仙家。煮凤喙及麟角，合煎作膏，名之为续弦胶，或名连金泥。此胶能续弓弩已断之弦、刀剑断折之金，更以胶连续之，使力士掣之，他处乃断，所续之际终无断也……西国王使至，献此胶四两，吉光毛裘，武帝受以付外库，不知胶裘二物之妙用也。以为西国虽远，而上贡者不奇，稽留使者未遣。又，时武帝幸华林园射虎，而弩弦断。使者时从驾，又上胶一分，使口濡以续弩弦。帝惊曰："异物也！"乃使武士数人，共对掣引之，终日不脱，如未续时也。胶色青如碧玉……帝于是乃悟，厚谢使者而遣去，赐以牡桂干姜等诸物，是西方国之所无者。①（《海内十洲记》）

物品进贡实则暗含一定的权力张力，进献者以稀有特产进贡，接纳者亦有回敬，由物品的流动实现政治上的外交。西国特产续弦胶用材稀奇，制作繁琐，极为珍贵，以之献武帝，帝不知其奇，仅付外库，甚至未及时遣归使者，武帝的心理一定程度上显示出对西域小国国力的轻视。后武帝射虎弦断，使者以胶续弦，武帝方识其妙，遂赐"牡桂干姜"等西方无有之物，厚谢使者。西国进献胶续弦事件中，汉帝国始终处于主动地位，这一现象既是写实，也是创作者的有意为之。

再次是物品遭到销毁，此类情况较为少见。如《拾遗记》"天汉二年，渠搜国之西，有祈沦之国……其国人缀草毛为绳，结网为衣，似今之罗纨也。至元狩六年，渠搜国献网衣一袭。帝焚于九达之道，恐后人征求，以物奢费，烧之，烟如金石之气。"②武帝焚烧渠搜国所献网衣，非因其价廉，而是因其奢费，此一举动是为了自塑勤俭励治之形象。

---

① 王根林、黄益元、曹光甫校点：《汉魏六朝笔记小说大观》，上海古籍出版社1999年版，第66页。

② （前秦）王嘉：《拾遗记》卷5，王根林、黄益元、曹光甫校点：《汉魏六朝笔记小说大观》，上海古籍出版社1999年版，第527页。

二、香料：宫廷逸事之侧影

香料应用范围广泛，用于疗疾克疫之香归为药物已在前节讨论，本节侧重论及用于上层社会特殊仪式及装饰享乐之香料。概括而言，其作用主要体现在以下三个方面：

一是用于仪式场合，如《汉武帝别国洞冥记》“元封中，起方山像，招诸灵异，召东方朔言其秘奥。乃烧天下异香，有沉光香、精祇香、明庭香、金䃅香、涂魂香，外国所贡青楂之灯。青楂木有膏，如淳漆，削置器中，以蜡和之涂布，燃照数里。”①香应用于盛大的祭祀场合。

二是室内日常熏香与焚香，与之相关的是香炉的记载。

> 赵飞燕女弟居昭阳殿……席毛长二尺余，人眠而拥毛自蔽，望之不能见，坐则没膝，其中杂熏诸香，一坐此席，余香百日不歇。②（《西京杂记》卷 1）
>
> 辟寒香丹，丹国所出，汉武时入贡。每至大寒，于室焚之，暖气翕然，自外而入，人皆减衣。③（《述异记》）
>
> 长安巧工丁缓者……作卧褥香炉，一名被中香炉。本出房风，其法后绝，至缓始更为之。为机环转运四周，而炉体常平，可置之被褥，故以为名。又作九层博山香炉，镂为奇禽怪兽，穷诸灵异，皆自然运动。④（《西京杂记》卷 1）

---

① 《汉武帝别国洞冥记》卷 1，王根林、黄益元、曹光甫校点：《汉魏六朝笔记小说大观》，上海古籍出版社 1999 年版，第 128 页。

② 王根林、黄益元、曹光甫校点：《汉魏六朝笔记小说大观》，上海古籍出版社 1999 年版，第 82 页。

③ （南朝）任昉：《述异记》，（宋）不著撰人等：《分门古今类事》（外八种），上海古籍出版社 1991 年版，第 619 页。

④ 王根林、黄益元、曹光甫校点：《汉魏六朝笔记小说大观》，上海古籍出版社 1999 年版，第 84 页。

汉代宫廷日常熏香与焚香已较为普遍，如上引赵合德所居昭阳殿，装饰华美，玉床绿熊席，毛长二尺余，熏以诸香，可见香料可用于熏衣物及床褥，取其香气以装饰自身。《述异记》所载辟寒香丹用于取暖，暖气蒸室，描写或带有夸张成分。褥香炉、九层博山香炉的发明显然是为适应此期室内焚香之需求，香炉越发走向精巧，并应用于不同的场所。

三是用于佩戴、洗浴及享乐，显示此期男性视角下的女性审美。

> 春芜布，亦名香荃布，坚密如纨冰也。握一片，满室皆香，妇人带之，弥有芬馥。(《汉武帝别国洞冥记》卷 1)
>
> (灵)帝盛夏避暑于裸游馆，长夜饮宴。帝嗟曰："使万岁如此，则上仙也。"宫人年二七已上，三六以下，皆靓妆，解其上衣，惟著内服，或共裸浴。西域所献茵墀香，煮以为汤，宫人洗浣毕，使以余汁入渠，名曰"流香渠"。① (《拾遗记》卷 6)
>
> (孙亮)常与爱姬四人，皆振古绝色：一名朝姝，二名丽居，三名洛珍，四名洁华。使四人坐屏风内，而外望之，如无隔，惟香气不通于外。为四人合四气香，殊方异国所出，凡经践蹑宴息之处，香气沾衣，历年弥盛，百浣不歇，因名曰"百濯香"。或以人名香，故有朝姝香，丽居香，洛珍香，洁华香。亮每游，此四人皆同舆席，来侍皆以香名前后为次，不得乱之。所居室名为"思香媚寝"。② (《拾遗记》卷 8)

第一则材料写女性佩香，除了加工后的香料，也有佩戴花香者。第二则材料写后汉灵帝沉湎后宫，以茵墀香洗浴，余汁汇成"流香渠"，折射政事之荒废。第三则材料写吴国孙亮为四姬合香，皆异国所出，香料互不相同，香气成为个人的标志。四人与帝同行，以香气为序，足见享乐已注重

① 王根林、黄益元、曹光甫校点：《汉魏六朝笔记小说大观》，上海古籍出版社 1999 年版，第 533~534 页。

② 王根林、黄益元、曹光甫校点：《汉魏六朝笔记小说大观》，上海古籍出版社 1999 年版，第 547~548 页。

细节。

香的使用在展现出上层社会生活奢靡的同时，也可见此期女性以瘦为美的审美模式：

> （石季伦）使数十人各含异香，行而语笑，则口气从风而飏。又屑沉水之香，如尘末，布象床上，使所爱者践之。无迹者赐以真珠百琲，有迹者节其饮食，令身轻弱。故闺中相戏曰："尔非细骨轻躯，那得百琲真珠？"①（《拾遗记》卷9）

西晋石崇富可敌国，生活骄奢，不仅注重室内环境及女性衣物之香，亦使其口气芬芳。将沉水香细磨成屑，布之以床，令姬妾践之，由此检验其体重，不留痕迹者得赐真珠，体重者令其节食。以瘦为美的女性审美模式的形成显然与赵飞燕体型相关。"帝常以三秋闲日，与飞燕戏于太液池，以沙棠木为舟，贵其不沉没也……每轻风时至，飞燕殆欲随风入水。帝以翠缨结飞燕之裙，游倦乃返。"②飞燕体轻可随风而飞，又擅舞蹈，得成帝宠幸，上行下效，对女性身体的观感，便以瘦为美。

三、宝镜：镜子的多重叙事

西域所献宝镜是笔记小说中反复出现的意象，镜子可照出影像，带有一定的神秘色彩。照魅驱邪、照见疾病、预知命运、缔结婚姻、用于陪葬等，宝镜功能多样，由此形成古典文学繁复多样的镜文化。

> 宣帝被收系郡邸狱，臂上犹带史良娣合采婉转丝绳，系身毒国宝镜一枚，大如八铢钱。旧传此镜见妖魅，得佩之者为天神所福，故宣

① 王根林、黄益元、曹光甫校点：《汉魏六朝笔记小说大观》，上海古籍出版社1999年版，第556页。

② （前秦）王嘉：《拾遗记》卷6，王根林、黄益元、曹光甫校点：《汉魏六朝笔记小说大观》，上海古籍出版社1999年版，第532页。

> 帝从危获济。及即大位，每持此镜，感咽移辰。常以琥珀笥盛之，缄以戚里织成锦，一曰斜文锦。帝崩，不知所在。①（《西京杂记》卷1）

身毒即古代印度的翻译，异域物品往往因传闻而带有一定的神圣性。宣帝重视宝镜，佩戴以祈福并爱惜护存。帝崩镜失，人亡而所属物品不知所终的安排，使故事结局走向扑朔迷离。唐皇甫枚《三水小牍》载元稹见鲤腹之光而得宝镜，宝镜仅元稹可见，② 宝镜的独属性可见一斑，镜随人亡的书写模式则赋予物品以灵性。

镜子驱邪源于其照魅之功能，“钓影山去昭河三万里，有云气，望之如山影……上有金镜，广四尺。元封中，有祇国献此镜，照见魑魅，不获隐形。”③《搜神后记》又补充铜镜可照见动物精怪，使其现形，从而使被扰乱的生活秩序回归正常。

镜子可照见脏腑，察知人心属于典型的虚构叙事。如《西京杂记》：“有方镜，广四尺，高五尺九寸，表里有明，人直来照之，影则倒见。以手扪心而来，则见肠胃五脏，历然无碍。人有疾病在内，则掩心而照之，则知病之所在。又女子有邪心，则胆张心动。秦始皇常以照宫人，胆张心动者则杀之。”④镜子不仅可照见五藏、察知病因，还可照见人心，辩其忠奸。《述异记》所载日林国长寿的缘由便是宝镜照形则知病因，及时采取措

---

① 王根林、黄益元、曹光甫校点：《汉魏六朝笔记小说大观》，上海古籍出版社1999年版，第81页。

② （唐）皇甫枚：《三水小牍》卷上：“丞相元稹之镇江夏也，尝秋夕登黄鹤楼，遥望河江之湄，有光若残星焉。乃令亲信某往视之。某遂掉小舟，直诣光所，乃钓船中也。询彼渔者，云：‘适获一鲤，光则无之。’亲信乃携鲤而来。既登楼，公庖人剖之，腹中得镜二，如古大钱；以面相合，背则隐起双龙，虽小而鳞鬣爪角悉具。既莹，则常有光耀。公宝之，置卧内巾箱中。及相公薨，镜亦亡去。”（丁如明等校点：《唐五代笔记小说大观》，上海古籍出版社2000年版，第1176页）

③ （汉）郭宪：《汉武帝别国洞冥记》卷1，王根林、黄益元、曹光甫校点：《汉魏六朝笔记小说大观》，上海古籍出版社1999年版，第125页。

④ （汉）刘歆：《西京杂记》卷3，王根林、黄益元、曹光甫校点：《汉魏六朝笔记小说大观》，上海古籍出版社1999年版，第97页。

施便可延续生命。① 五代王仁裕《开元天宝遗事》也有类似的记载："叶法善有一铁镜，鉴物如水，人每有疾病，以镜照之，尽见脏腑中所滞之物，后以药疗之，竟至痊瘥。"②在外科手术无法普及的时期，腠理腑脏无法直视，不明病因的疾病带给医患极大的困惑，以镜照见内脏的问医疗疾方式实则理想化的想象叙事的呈现。

揽镜可预知人物命运在笔记小说中较为常见，并在唐五代小说中得到承继：

> 元帝永昌元年，丹阳甘卓将袭王敦，既而中止。及还家，多变怪：自照镜，不见其头。乃视庭树，而头在树上……果为敦所袭。③（《异苑》卷 4）
>
> 宋武帝未杀殷仲文之时，仲文每照镜，常不见其首，后数日，果为武帝所杀。④（《独异志》卷上）
>
> 宋璟未第时，因于日中览镜，镜影忽成"相"字。璟因此自负，遂修相业，后如其志。⑤（《开元天宝遗事》卷上）

前两则材料照镜不见其首，人物果遇害，属揽镜预知凶事。第三则材料照镜而见"相"字，带给宋璟积极的心理暗示，并催生坚定的行动力，果然如

① （南朝）任昉：《述异记》："日林国有神乐数千种，其西南有石镜，方数百里光明莹彻，可鉴五脏六腑，亦名仙人镜。国中人若有疾，辄照其形遂知病起何脏腑，即采神药饵之，无不愈。其国人寿三千岁，亦有长生者。"[（宋）不著撰人等：《分门古今类事》（外八种），上海古籍出版社 1991 年版，第 630 页]

② （五代）王仁裕：《开元天宝遗事》卷上，丁如明等校点：《唐五代笔记小说大观》，上海古籍出版社 2000 年版，第 1722 页。

③ （南朝）刘敬叔：《异苑》卷 4，王根林、黄益元、曹光甫校点：《汉魏六朝笔记小说大观》，上海古籍出版社 1999 年版，第 629 页。

④ （唐）李冗：《独异志》卷上，丁如明等校点：《唐五代笔记小说大观》，上海古籍出版社 2000 年版，第 918 页。

⑤ 丁如明等校点：《唐五代笔记小说大观》，上海古籍出版社 2000 年版，第 1726 页。

愿。镜子预知吉凶类故事，可视为“物”的叙事，物品形成预叙，推动情节发展之走向。

镜子用于民俗礼仪，主要体现在婚嫁及丧葬环节。如《幽明录》：“义熙三年，山阴徐琦每出门，见一女子，貌极艳丽，琦便解臂上银铃赠之。女曰：‘感君来贶。’以青铜镜与琦，便尔结为伉俪。”①铜镜与婚姻缔结相关，成为定情信物。镜子作为殉葬品，如《西京杂记》卷6：“哀王冢，以铁灌其上，穿凿三日乃开……床左右石妇人各二十，悉皆立侍，或有执巾栉镜镊之，象或有执盘奉食之形。无余异物，但有铁镜数百枚。”②墓葬布置仿照现实日常生活场景，是生人对死者的一种告慰。

① 王根林、黄益元、曹光甫校点：《汉魏六朝笔记小说大观》，上海古籍出版社1999年版，第717~718页。

② 王根林、黄益元、曹光甫校点：《汉魏六朝笔记小说大观》，上海古籍出版社1999年版，第116页。

第二章　南方风物

“汉时南方渐与中国相通，殊异之物，多为中原所未有。览者异之，遂有《异物志》一类书籍出现，与《山海经》、《博物志》相先后。”①大量出现的南方地志②及名物体博物小说，风俗体笔记专书成为了解南方的重要资料。汉魏六朝笔记小说中的“南方”，包括江南、岭南、湖湘、西南等地，随着南方地区的开发，政治、经济、文化重心的迁移，“南方”成为古典文学中逐渐丰富的重要意象。

本章解读南方风物，以典型性的植物为主兼及南方地理物候。“入山见木，长短无所不知；入野见草，大小无所不识。”③在博物学视野的观照下，植物审美走向多元化，与时令节俗相关的植物以及疗疾药物也得到记录。

第一节为“《南方草木状》的植物世界”。《南方草木状》以北人之眼观南方草木，代表着中原文化对西南、岭南地区物象的接受。《南方草木状》对草木赏色嗅香，调动视觉、嗅觉器官，赏其形状花色，嗅其香气，并将其融入生活。对果木则侧重从味觉的角度，记录果实之口感。嵇含对草木、果木的选取，或择其观赏价值，或择其实用价值，长于南方之特性则是记录在书的出发点，从而实现“有裨子弟”的创作目的。《南方草木状》植物书写策略主要体现在三个方面：以常见之物摹写南方草木之状；运用对

---

① 向达：《唐代长安与西域文明》，商务印书馆 2015 年版，第 587 页。

② 参见陈娅妮：《汉晋地志的文学书写与南方意象的生成》，《励耘学刊》第 36 辑，社会科学文献出版社 2022 年版。

③ （汉）王充：《论衡》，上海人民出版社 1974 年版，第 211 页。

仗、拟人、比喻等多种文学手法对植物加以描绘，形成了典雅的语言风格；征引已有文献、文学典故、人物逸事、民间传说赋予植物文化意涵，由此构成名物体博物小说显著的文学色彩。

第二节为“岁时节令中的植物与民俗”。《荆楚岁时记》以时间为序，自元日至除夕，记载荆楚节令民俗、风物故事。与时令相对应的植物或用作食物，或用于禳灾祈福、驱鬼辟邪，也是全书写作的重点。岁时节令是人类活动作用于自然而约定俗成，文化特征明显。习俗集会承载着族群关于时间的集体记忆，相较于月令节气，岁时节令的人文色彩可进一步加深家族间的情感维系。《荆楚岁时记》所录民俗丰富多彩，可视为南朝荆楚地区的风俗志。

第三节为“南方地理物候与疾病疗愈”。汉魏六朝时期，南方作为未开发的蛮夷之地，不同于中土的地理物候及人伦习俗常受到关注并得到记录。自然环境恶劣、人文民俗落后是关于南方地理物候的普遍认知，不宜久居是中土文化对蛮夷之地的定义。与之相应地，《南方草木状》及《搜神记》《异苑》等志怪小说记载多种疗疾药物，以药用植物最为多见。驱疟是疾病抵御的重要主题，折射出时人对疟病的抗争途径。

第一节 《南方草木状》的植物世界

《南方草木状》西晋嵇含撰，嵇含，自号亳丘子，谯郡(今安徽亳州)人。该书记录岭南植物，分草木果竹四类，计八十种。据嵇含自述，《南方草木状》的写作缘起为：“南越交趾植物，有四裔最为奇，周秦以前无称焉。自汉武帝开拓封疆，搜来珍异，取其尤者充贡。中州之人，或昧其状，乃以所闻诠叙，有稗子弟云尔。”①

张乡里《唐前博物类小说研究》将《南方草木状》《竹谱》《古今注》《古今

① 王根林、黄益元、曹光甫校点：《汉魏六朝笔记小说大观》，上海古籍出版社1999年版，第255页。

刀剑录》定义为名物体博物小说①。此类小说以物之条目展开，几乎不涉及情节，反映时人对自然万物的认知。发展至后期，内容偏向集中，专记某类物品，语言典雅，开创了后世文人赏物之先河。从广义的文学角度而言，观宇宙之大，察品类之盛，自然世情皆可纳入。此类作品虽侧重农学、植物学，划归于文学亦无不妥。

对植物的记录需要调动视觉、嗅觉、味觉器官，是感官对世界认知方式的集中呈现。《南方草木状》以北人之眼观南方草木，主要记载西南、岭南等地区的哪些植物，材料选取方面有何特征？又运用怎样的书写策略对其加以描绘？本节将对上述问题加以探讨。

一、草木：赏色与嗅香

《南方草木状》将植物分为草、木、果、竹四类。“植类之中，有物曰竹，不刚不柔，非草非木。”②戴凯之《竹谱》专论竹，可见将竹单独列出，未纳入草木是南朝常见的分类。唐段成式《酉阳杂俎·广动植篇》，将竹列在木篇。今以为，竹为草本植物，因其茎不会随生长时间发生变化。为便于讨论，本节将《南方草木状》大致分为两类，草木与果木。前者侧重赏其形色或香气，并注重食用、药用、酿酒、染料等实用价值，后者则主要呈现其果实形状及口感。

此期对草木的欣赏主要用于调动视觉及嗅觉感官，据《南方草木状》卷上、卷中所载，用于观赏形色的花卉有豆蔻花、山姜花、鹤草、水莲、水蕉、菖蒲、赪桐花、朱槿花、刺桐、紫藤等；用于嗅其香气或加以佩戴的草木有悉茗花、末利花、指甲花、蕙草、枫香、薰陆香、桂木、蜜香、水松等，以下分别加以论述：

首先是赏其形色者，既有草本、木本花卉，也有水生植物。

---

① 参见张乡里：《唐前博物类小说研究》第五章第三节《名物体博物小说》，上海古籍出版社 2016 年版，第 363~383 页。

② （晋）戴凯之：《竹谱》，《南方草木状及其他三种》，商务印书馆 1960 年版，第 1 页。

豆蔻花，其苗如芦，其叶似姜。其花作穗，嫩叶卷之而生。花微红，穗头深色，叶渐舒，花渐出。旧说此花食之破气消痰，进酒增倍。泰康二年，交州贡一篚，上试之有验，以赐近臣。①

山姜花，茎叶即姜也，根不堪食。于叶间吐花，作穗如麦粒，软红色，煎服之，治冷气甚效。出九真、交趾。②

鹤草，蔓生，其花曲尘色，浅紫蒂，叶如柳而短。当夏开花，形如飞鹤，觜翅尾足，无所不备。出南海。云是媚草，上有虫，老蜕为蝶，赤黄色。女子藏之，谓之媚蝶，能致其夫怜爱。③（《南方草木状》卷上）

朱槿花，茎叶皆如桑，叶光而厚，树高止四五尺，而枝叶婆娑。自二月开花，至中冬即歇。其花深红色，五出，大如蜀葵，有蕊一条，长于花叶，上缀金屑，日光所烁，疑若焰生。一丛之上，日开数百朵，朝开暮落。④（《南方草木状》卷中）

赏植物之形色，主要是观其外貌及色彩。上引豆蔻花自幼苗之状写至花穗色泽，山姜花亦相类。蔓生植物鹤草花形描绘细致可爱，间接介绍其得名之由来。同时上述植物并非仅书写其观赏价值，实则更侧重其实用性。豆蔻花可破气消痰且行之有效，山姜花煎服可治冷气，至于鹤草为媚草，藏之能得夫怜爱，则带有传闻的性质，或与气味相关。朱槿花鲜艳夺目，花朵丰腴、花事盛大，观者见之则为其形色所吸引。《南方草木状》另记载多

① 王根林、黄益元、曹光甫校点：《汉魏六朝笔记小说大观》，上海古籍出版社1999年版，第256页。

② 王根林、黄益元、曹光甫校点：《汉魏六朝笔记小说大观》，上海古籍出版社1999年版，第256页。

③ 王根林、黄益元、曹光甫校点：《汉魏六朝笔记小说大观》，上海古籍出版社1999年版，第256页。

④ 王根林、黄益元、曹光甫校点：《汉魏六朝笔记小说大观》，上海古籍出版社1999年版，第261页。

种食其根茎或果实之草木如芜菁、茄树、薯蓣、甘蔗，食其叶者如绰菜、蕹菜等。《汉武帝别国洞冥记》《西京杂记》《古今注》又录菰米芡实、葭芦菱荇等南方典型性食物，可见实用性往往是植物受到关注的起点。

值得一提的是，水生花卉被以为“美”，对水生花卉的喜爱，体现出时代审美之风气。

> 花之美者，有水莲，如莲而茎紫，柔而无刺。①
>
> 水蕉，如鹿葱，或紫或黄。吴永安中，孙休尝遣使取二花，终不可致，但图画以进。②（《南方草木状》卷上）
>
> 芙蓉，一名荷华，生池泽中，实曰莲，花之最秀异者。一名水芝，一名水花。色有赤、白、红、紫、青、黄，红白二色荖多，花大者至百叶。③（《古今注》卷下）

水莲，或今之睡莲，《南方草木状》直称“花之美者”仅此一例。芙蓉，即荷花，《古今注》称其“花之最秀异者”，并对其颜色及繁复之花瓣加以描摹。水蕉，据其花色，或为水边鸢尾，北方不见，孙休欲取而不可致，退而求其次，图画以进。可以推测，此花具有很高的观赏价值。鲜花不易保存或运输，或是水土气候不服，移栽难活，图画其形貌便成为一种新的欣赏途径。

除《南方草木状》，《古今注》中花色不显著之草木则赏其枝叶细节之美，如“白杨叶圆，青杨叶长，柳叶亦长细”，“合欢，树似梧桐，枝叶繁

① 王根林、黄益元、曹光甫校点：《汉魏六朝笔记小说大观》，上海古籍出版社1999年版，第256页。

② 王根林、黄益元、曹光甫校点：《汉魏六朝笔记小说大观》，上海古籍出版社1999年版，第256页。

③ （晋）崔豹：《古今注》卷下，王根林、黄益元、曹光甫校点：《汉魏六朝笔记小说大观》，上海古籍出版社1999年版，第245页。

互相交结，每风来辄自相解，了不相牵缀”①。观察植物局部特征，并展现其动态，从而开掘植物形色审美的多元化趋势。

其次是赏其香味者，兹以西域传入耶悉茗花、末利花、指甲花为例：

> 耶悉茗花、末利花，皆胡人自西国移植于南海。南人怜其芳香，竞植之。陆贾《南越行纪》曰：南越之境，五谷无味，百花不香。此二花特芳香者，缘自胡国移至，不随水土而变，与夫橘北为枳异矣。彼之女子，以彩丝穿花心，以为首饰。末利花，似蔷蘼之白者，香愈于耶悉茗。②（《南方草木状》卷上）
>
> 指甲花，其树高五六尺，枝条柔弱，叶如嫩榆。与耶悉茗、末利花皆雪白，而香不相上下。亦胡人自大秦国移植于南海。而此花极繁细，才如半米粒许。彼人多折置襟袖间，盖资其芬馥尔。一名散沫花。③（《南方草木状》卷中）

从颜色上看，耶悉茗花、末利花、指甲花皆为白色。相较于红紫类鲜艳花色，白色花卉气味带来的冲击有助于花粉传播。“凡草木之华者，春华者冬秀，夏华者春秀，秋华者夏秀，冬华者秋秀。其华竟岁。故妇女之首，四时未尝无华也。”④南方戴花习俗普遍，西域传入花卉，移植南海不改其香，遂为时人所佩戴，或冠之首，或置于襟。花木本身的清香带给人愉悦的感受，是人类赏其香气之缘由。小株花卉之外，《南方草木状》还载有蜜香树，“干似柜柳，其花白而繁，其叶如桶。欲取香，伐之经年，其根干

---

① （晋）崔豹：《古今注》卷下，王根林、黄益元、曹光甫校点：《汉魏六朝笔记小说大观》，上海古籍出版社1999年版，第245页。

② 王根林、黄益元、曹光甫校点：《汉魏六朝笔记小说大观》，上海古籍出版社1999年版，第255页。

③ 王根林、黄益元、曹光甫校点：《汉魏六朝笔记小说大观》，上海古籍出版社1999年版，第261页。

④ （晋）嵇含：《南方草木状》卷上，王根林、黄益元、曹光甫校点：《汉魏六朝笔记小说大观》，上海古籍出版社1999年版，第259页。

枝节，各有别色也”①，木之香非为佩戴，而是用作香料。

南朝任昉《述异记》所载南方之香卉及香料更为丰富：

> 紫术香，一名红兰香，一名金桂香，亦名麝香草，出苍梧、桂林二郡界。今吴中有麝香草，似红兰而甚芳香。
>
> 南海山出千步香，佩之，香闻于千步也。今海隅有千步草，是其种也。叶似杜若而红碧间杂，《贡籍》曰：南郡贡千步香。
>
> 日南有香市，商人交易诸香处。
>
> 汉雍仲子进南海香物，拜为涪阳尉，时谓之香尉。
>
> 日南有千亩林，名香出其中。
>
> 香洲在朱崖郡，洲中出诸异香。②

香卉作为进贡物品，香料交易有固定市场，名香异香成为南方重要的物产，并带动经济的发展。香市之繁荣，折射出上层社会对香料的需求之大。可见，到了南朝时期，香料进一步渗透进日常生活。可稍作补充的是，对植物香气及熏香的描写到了宋代更为显著，闻香诗不仅扩大了植物范围，更具有一定的禅意与理趣。③

二、果木：食果与品味

《南方草木状》所书果木有槟榔树、荔枝树、椰树、杨梅、橘柑、橄榄、龙眼、海枣、千岁子、五敛子、钩缘子、海梧子，海松子、石栗、人面子等，在描写其性状之外，侧重果实色泽、口感等多个方面，属于对植物的味觉认知。

---

① （晋）嵇含：《南方草木状》卷中，王根林、黄益元、曹光甫校点：《汉魏六朝笔记小说大观》，上海古籍出版社 1999 年版，第 261 页。

② （南朝）任昉：《述异记》，（宋）不著撰人等：《分门古今类事》（外八种），上海古籍出版社 1991 年版，第 627 页。

③ 参见曹逸梅：《闻香：黄庭坚诗歌的鼻观世界》，《文艺研究》2020 年第 8 期。

荔枝树，高五六丈余，如桂树，绿叶蓬蓬，冬夏荣茂。青华朱实，实大如鸡子。核黄黑似熟莲，实白如肪。甘而多汁，似安石榴。有甜酢者，至日将中，翕然俱赤，则可食也。一树下子百斛。①

椰树，叶如栟榈，高六七丈，无枝条。其实大如寒瓜，外有粗皮，次有壳，圆而且坚。剖之有白肤，厚半寸，味似胡桃，而极肥美。有浆，饮之得醉。②

龙眼树，如荔枝，但枝叶稍小。壳青黄色，形圆如弹丸，核如木梡子而不坚。肉白而带浆，其甘如蜜，一朵五六十颗，作穗如蒲萄然。荔枝过即龙眼熟，故谓之荔枝奴，言常随其后也。③

五敛子，大如木瓜。黄色，皮肉脆软，味极酸。上有五棱，如刻出。南人呼棱为敛，故以为名。以蜜渍之，甘酢而美。出南海。④（《南方草木状》卷下）

上述所录为多汁类水果，生长在热带、亚热带地区。文本形容荔枝口感，以石榴类之，"甘而多汁，似安石榴"，安石榴本自西域传入，以之类比荔枝甘甜多汁的特征，可见石榴在西晋已较为普遍。龙眼"形圆如弹丸""肉白而带浆，其甘如蜜"，对果实外形、色泽、口感均加以描述。椰树"大如寒瓜"，椰果"味似胡桃，而极肥美"，椰浆"饮之得醉"，由表及里写椰子剖开后的内部结构及果实风味。五敛子"皮肉脆软，味极酸"，"以蜜渍之，甘酢而美"，不仅介绍称名之由来，也介绍其食用方法，据外形，五敛子

① 王根林、黄益元、曹光甫校点：《汉魏六朝笔记小说大观》，上海古籍出版社1999年版，第264页。

② 王根林、黄益元、曹光甫校点：《汉魏六朝笔记小说大观》，上海古籍出版社1999年版，第264页。

③ 王根林、黄益元、曹光甫校点：《汉魏六朝笔记小说大观》，上海古籍出版社1999年版，第265页。

④ 王根林、黄益元、曹光甫校点：《汉魏六朝笔记小说大观》，上海古籍出版社1999年版，第266页。

或为今之杨桃。从引文不难发现，《南方草木状》描写水果，从外观到味觉，都有着很强的亲历感。嵇含以北人身份暂居南方，品尝水果之后细致写出其口感，也可看出作者及时人对酸甜口味的喜爱。

水果既可直接食用，也可再次加工，转化成新的食品，最常见的是酿酒，即用作饮品。“杨梅，其子如弹丸，正赤。五月中熟，熟时似梅，其味甜酸……东方朔《林邑记》曰：林邑山杨梅，其大如杯碗，青时极酸，既红味如崖蜜，以酝酒，号梅香酎。非贵人重客，不得饮之。”①杨梅熟时口感甚好，青时难以入口，然可制作佳酿。对水果不同时期的食用方式，融入时人的生活习俗。

除多汁水果，淀粉类果实也得到记录，海梧子“有子如大栗，肥甘可食”；石栗“生于山石罅间”，“味似胡桃人”。② 另有仅咀其味者，如橄榄“其子深秋方熟，味虽苦涩，咀之芬馥，胜含鸡骨香”③，用于芳香口腔。自汉大赋始，南方果木的记载便不断丰富常用语汇，水果以其酸甜多汁的口感受到外来者及士子的热爱。随着文学的发展，果木口感移用至诗歌评点，带来通感的效果。

三、摹状类物与文化意涵并重：植物的书写策略

承前所述，嵇含所录南方植物或取其观赏价值，或取其实用价值，仅生于南方的奇特性是所书植物的一致特点，从而可以实现“有裨子弟”的创作目的。概括而言，摹状类物与文化意涵并重是《南方草木状》的书写策略，具体体现在以下三个方面：

一是以常见之物摹写南方草木之状。

---

① （晋）嵇含：《南方草木状》卷下，王根林、黄益元、曹光甫校点：《汉魏六朝笔记小说大观》，上海古籍出版社 1999 年版，第 265 页。

② （晋）嵇含：《南方草木状》卷下，王根林、黄益元、曹光甫校点：《汉魏六朝笔记小说大观》，上海古籍出版社 1999 年版，第 266 页。

③ （晋）嵇含：《南方草木状》卷下，王根林、黄益元、曹光甫校点：《汉魏六朝笔记小说大观》，上海古籍出版社 1999 年版，第 265 页。

> 枫香，树似白杨，叶圆而岐分，有脂而香。其子大如鸭卵，二月华发，乃著实。①
>
> 交趾置桂园，桂有三种：叶如柏叶，皮赤者，为丹桂；叶似柿叶者，为菌桂；其叶似枇杷叶者，为牡桂。②
>
> 苏枋，树类槐花。黑子。出九真。南人以染绛，渍以大庾之水，则色愈深。③（《南方草木状》卷中）

根据创作缘起，嵇含《南方草木状》有预设的接受对象，即“中州之人”。因此，如何将北人不曾目睹之植物客观清晰地描述出来，便成为首要解决的问题。为实现创作目的，以常见之物摹写草木之状便成为嵇含最常采取的手法，几乎出现在每一则植物外形的书写之中。如写枫香，先从宏观角度，以白杨树形加以类比，再细写树叶形状、气味，继而以鸭卵摹写枫香果实大小。读者结合生活见闻，借助联想和想象，基本可以勾勒出枫香的外貌。写桂木分类，以叶之形状为别，柏叶、柿叶、枇杷叶的类比，可谓直观。写苏枋则比之于北方常见槐木，又以其用于染绛的功用加以区别，植物的共性与特性均得到凸显。

二是运用对仗、拟人、比喻等多种文学手法对植物加以描绘，形成了典雅的语言风格。

> 槟榔树，高十余丈，皮似青桐，节如桂竹，下本不大，上枝不小，调直亭亭，千万若一。森秀无柯，端顶有叶。叶似甘蕉，条派开破，仰望眇眇，如插丛蕉于竹杪。风至独动，似举羽扇之扫天。叶下系数房，房缀数十实，实大如桃李，天生棘重累其下，所以御卫其实

① 王根林、黄益元、曹光甫校点：《汉魏六朝笔记小说大观》，上海古籍出版社1999年版，第260页。

② 王根林、黄益元、曹光甫校点：《汉魏六朝笔记小说大观》，上海古籍出版社1999年版，第260页。

③ 王根林、黄益元、曹光甫校点：《汉魏六朝笔记小说大观》，上海古籍出版社1999年版，第261页。

也。味苦涩，剖其皮，鬻其肤，熟如贯之，坚如干枣。以扶留藤古贲灰并食，则滑美下气消谷。出林邑。彼人以为贵，婚族客必先进，若邂逅不设，用相嫌恨。一名宾门药饯。①

上引材料对槟榔树的描写非常细致。“皮似青桐，节如桂竹，下本不大，上枝不小”“森秀无柯，端顶有叶”构词相同的四字短语，典雅协调。“仰望眇眇，如插丛蕉于竹杪。风至独动，似举羽扇之扫天”，因树极高，仰视侧重写其叶，且以“丛蕉”“羽扇”喻之，四六句式如赋体对仗，尽写枝叶动静之态。“味苦涩，剖其皮，鬻其肤，熟如贯之，坚如干枣。”写槟榔之味，又转用三四句式，行文灵活多变，足见作者语言运用之功底，《南方草木状》的文学特质于此亦可见一斑。

三是征引已有文献、文学典故、人物逸事、民间传说赋予植物文化意涵：

抱香履，抱木生于水松之旁，若寄生。然极柔弱，不胜刀锯。乘湿时刳而为履，易如削瓜……按东方朔《琐语》曰：木履起于晋文公时，介之推逃禄自隐，抱树而死。公抚木哀叹，遂以为履。每怀从亡之功，辄俯视其履曰：悲乎足下！足下之称，亦自此始也。②（《南方草木状》卷中）

《三辅黄图》曰：汉武帝元鼎六年，破南越，建扶荔宫。扶荔者，以荔枝得名也。自交趾移植百株于庭，无一生者，连年移植不息。后数岁，偶一株稍茂，然终无华实，帝亦珍惜之。一旦忽萎死，守吏坐诛死者数十，遂不复茂矣。其实则岁贡焉，邮传者疲毙于道，极为生

① （晋）嵇含：《南方草木状》卷下，王根林、黄益元、曹光甫校点：《汉魏六朝笔记小说大观》，上海古籍出版社1999年版，第264页。

② 王根林、黄益元、曹光甫校点：《汉魏六朝笔记小说大观》，上海古籍出版社1999年版，第262~263页。

民之患。①

钩缘子，形如瓜，皮似橙而金色，胡人重之。极芬香，肉甚厚白，如芦菔。女工竟雕镂花鸟，渍以蜂蜜，点燕檀巧丽妙绝，无与为比。泰康五年，大秦贡十缶，帝以三缶赐王恺，助其珍味，夸示于石崇。②

（椰树）俗谓之越王头，云昔林邑王与越王有故怨，遣侠客刺得其首，悬之于树，俄化为椰子。林邑王愤，命剖以为饮器，南人至今效之。当刺时，越王大醉，故其浆犹如酒。③（《南方草木状》卷下）

第一则材料征引前代文献，介绍木履之由来，并引出“足下”称呼。介之推功成不受禄，晋文公以其歿后所抱之木为履，寄托对介之推的怀念，由此将木履产生时间提前到春秋战国时期，丰富了植物的历史意涵。第二则材料写荔枝引《三辅黄图》所记武帝时事，建扶荔宫、连年移植荔枝、树萎死辄守吏坐诛、岁贡致邮传疲毙于道，凡此种种，对史事的褒贬暗含在植物书写之中。荔枝作为时令水果，独食其鲜，储存运输皆不易，上之所好招致生民之患，也成为后世荔枝类文学文本的立论点。第三则材料由外国所献钩缘子写时人逸事，王恺石崇斗富多载录于志人小说《世说新语》，此条可作为补充。第四则材料介绍椰树以民间传说附会之，解释了剖椰子以为饮器以及椰浆如酒的缘由。因文献、典故、逸事、传说的引用，《南方草木状》对植物性状、香味、果实的描写不再流于表面，而是赋予了一定的文化意涵。

可稍作补充的是，部分植物可作为道教丹药，为仙人所服，从而带有

① 王根林、黄益元、曹光甫校点：《汉魏六朝笔记小说大观》，上海古籍出版社1999年版，第264页。

② 王根林、黄益元、曹光甫校点：《汉魏六朝笔记小说大观》，上海古籍出版社1999年版，第266页。

③ 王根林、黄益元、曹光甫校点：《汉魏六朝笔记小说大观》，上海古籍出版社1999年版，第264~265页。

一定的宗教色彩，如菖蒲“安期生采服仙去，但留玉舃焉”①，“药有乞力伽，术也”“刘涓子取以作煎，令可丸，饵之长生”②。此外，嵇含也会观察植物习性及生长特征并加以点评，如木松生于南海而不大香，彼土产众香，故此物不得重视，然“岭北人极爱之”且“其香殊胜在南方时”，因此作者感慨“植物，无情者也，不香于彼而香于此，岂屈于不知己而伸于知己者欤？物理之难穷如此”③。由植物转而写人，毫无违和之感。木松遇知己则展露其香，与人之处世相类。此则材料笔触重在感悟与点评，而非描写植物外貌，在全书中较为少见。实际上，同时期的《古今注》也曾对植物之物性发出疑问，将其视为有生命而无意识的事物，④ 这也为由植物过渡到写人提供了恰当的语境。

赋予植物文化意涵，《诗经》以植物起兴，《离骚》“香草美人”意象为其滥觞。与《南方草木状》相类，此期名物体博物小说《竹谱》《古今注》也基本承继这一特征。

> 牛亨问曰：“将离别，相赠以芍药者何?”答曰：“芍药一名可离，故将别以赠之，亦犹相招召赠之以文无，文无亦名当归也。欲忘人之忧，则赠以丹棘。丹棘一名忘忧草，使人忘其忧也。欲蠲人之忿，则

① （晋）嵇含：《南方草木状》卷上，王根林、黄益元、曹光甫校点：《汉魏六朝笔记小说大观》，上海古籍出版社 1999 年版，第 256 页。

② （晋）嵇含：《南方草木状》卷上，王根林、黄益元、曹光甫校点：《汉魏六朝笔记小说大观》，上海古籍出版社 1999 年版，第 257 页。

③ （晋）嵇含：《南方草木状》卷中，王根林、黄益元、曹光甫校点：《汉魏六朝笔记小说大观》，上海古籍出版社 1999 年版，第 261~262 页。

④ （晋）崔豹：《古今注》卷下：“牛亨问曰：‘草木生类乎?’答曰：‘生类也。’又曰：‘有识乎?’答曰：‘无识也。’又曰：‘无识宁得为生类也?’答曰：‘物有生而有识者，有生而无识者，有不生而有识者，有不生而无识者。夫生而有识者，虫类也；生而无识者，草木也；不生而无识者，水土也；不生而有识者，鬼神也。’”（王根林、黄益元、曹光甫校点：《汉魏六朝笔记小说大观》，上海古籍出版社 1999 年版，第 249 页）

赠之青堂，青堂一名合欢，合欢则忘忿。”①(《古今注》卷下)

植物与人之心绪相关，并用于传递情感与讯息，因此渐渐凝固成传情的符号。芍药惜别，当归寓聚，丹棘忘忧，合欢忘忿，② 赠之以植物则伸之以情意。植物的情感价值在古诗文中形成委婉含蓄的表达系统，并在叙事文本中成为重要的物象，推动情节的展开。

综上所述，对植物的记录是感官对世界认知方式的集中呈现。《南方草木状》以北人之眼观南方草木，代表着中原文化对西南、岭南地区物象的接受。纵观全书，《南方草木状》对草木赏色嗅香，调动视觉、嗅觉器官，赏其形状花色，嗅其香气，并将其融入生活。对果木则侧重从味觉的角度，记录果实之口感。嵇含对草木、果木的选取，或择其观赏价值，或择其实用价值，长于南方之特性则是记录在书的出发点，从而实现“有稗子弟”的创作目的。《南方草木状》植物书写策略主要体现在三个方面：以常见之物摹写南方草木之状；运用对仗、拟人、比喻等多种文学手法对植物加以描绘，形成了典雅的语言风格；征引已有文献、文学典故、人物逸事、民间传说赋予植物文化意涵，由此构成名物体博物小说显著的文学色彩。

第二节 岁时节令中的植物与民俗

笔记小说到了南朝时期，在常见的志怪志人类型之外，出现专载物象或风俗的笔记体专书，如《竹谱》《刀剑录》《水经》《荆楚岁时记》等。其中

---

① 王根林、黄益元、曹光甫校点：《汉魏六朝笔记小说大观》，上海古籍出版社1999年版，第248页。

② （晋）崔豹：《古今注》卷下：“合欢，树似梧桐，枝叶繁互相交结，每风来辄自相解，了不相牵缀。树之阶庭，使人不忿。嵇康种之舍前。”（王根林、黄益元、曹光甫校点：《汉魏六朝笔记小说大观》，上海古籍出版社1999年版，第244页）可作为补充。

南朝宗懔《荆楚岁时记》以时间为序，自元日至除夕，记载荆楚节令民俗、风物故事，隋杜公赡注，结合前代文献，解释习俗之由来。与时令相对应的植物或用作食物，或用于禳灾祈福、驱鬼辟邪，也是全书写作的重点。

一、节令之食：时序中的饮食习俗

衣食住行与人类生活密切相关，经过漫长时期约定俗成的节令伴随着农事生产及宴会庆典。节气与历法的制定是基于自然运行的规律，岁时节令的凝定更多体现出人文介入的痕迹。《荆楚岁时记》中元日、人日、寒食、端午、重阳、腊日等节俗集会活动，食物与饮品往往成为重要的组成部分。

> 正月七日为人日。以七种菜为羹；剪彩为人，或镂金薄为人，以贴屏风，亦戴之头鬓；又造华胜以相遗；登高赋诗。①
>
> 去冬节一百五日，即有疾风甚雨，谓之寒食。禁火三日，造饧大麦粥。②
>
> 夏至节日，食粽。是日，取菊为灰，以止小麦蠹。③

以上是春夏两季部分节俗及饮食，以春季为多。第一则人日习俗，杜公赡注引董勋《问礼俗》“正月一日为鸡，二日为狗，三日为猪，四日为羊，五日为牛，六日为马，七日为人”④，可见元月以人及家禽家畜序日由来已久，显示出家禽家畜之于人类生活的重要性。“剪彩人者，人入新年，形

---

① （梁）宗懔撰，（隋）杜公赡注：《荆楚岁时记》，王根林、黄益元、曹光甫校点：《汉魏六朝笔记小说大观》，上海古籍出版社1999年版，第1052~1053页。

② 王根林、黄益元、曹光甫校点：《汉魏六朝笔记小说大观》，上海古籍出版社1999年版，第1055页。

③ 王根林、黄益元、曹光甫校点：《汉魏六朝笔记小说大观》，上海古籍出版社1999年版，第1058页。

④ 王根林、黄益元、曹光甫校点：《汉魏六朝笔记小说大观》，上海古籍出版社1999年版，第1053页。

容改，从新也。华胜起于晋代，见贾充《李夫人典戒》云：‘像瑞图金胜之形，又取像西王母戴胜也。’旧以正旦至七日讳食鸡，故岁首唯食新菜。”① 剪彩人贴于屏风或戴之头鬓，取迎新焕颜之意，以华胜互赠，则是对新年的憧憬。“春日登临，自古为适；但不知七日竟起何代。晋代桓温参军张望亦有七日登高诗。近代以来，南北同耳。”②人日登临赋诗的传统不仅存在于荆楚地区，也在北方广为流传，与之相应地，人日渐渐成为思乡的节令。从以七种菜(与七日相呼应)为羹，到剪彩为人，以华胜相遗，到登高赋诗，人日的节令习俗丰富多彩，雅俗共赏。第二则寒食节，在冬至后一百五日，杜公赡详注其来历，介子推功成不受禄，晋文公焚山，介子推抱木身亡，文公哀之，遂不举火。关于饧大麦粥，注云：“陆翙《邺中记》曰：‘寒食三日作醴酪。’又：‘煮粳米及麦为酪，捣杏仁，煮作粥。’《玉烛宝典》曰：‘今人悉为大麦粥。研杏仁为酪，引饧沃之。’孙楚《祭子推文》云：‘黍饭一盘，醴酪二盂。’是其事也。”③饧即麦芽糖，饧大麦粥即煮麦与粳米，并作杏仁乳，加之麦芽糖共同煮制而成。第三则为夏至食粽节俗，“周处谓为角黍，人并以新竹为筒粽。练叶插五彩系臂，谓为长命缕”④。从注解可以看出粽子的形态不止一类，“角黍”之称，或因最早所用食材为黍。夏至食粽是南朝习俗，今日不存，已并至端午。⑤ 夏至、端午，考其时间，相距不远，谷物新熟而作粽，可谓遵循节令。

---

① 王根林、黄益元、曹光甫校点：《汉魏六朝笔记小说大观》，上海古籍出版社1999年版，第1053页。

② 王根林、黄益元、曹光甫校点：《汉魏六朝笔记小说大观》，上海古籍出版社1999年版，第1053页。

③ 王根林、黄益元、曹光甫校点：《汉魏六朝笔记小说大观》，上海古籍出版社1999年版，第1055页。

④ 王根林、黄益元、曹光甫校点：《汉魏六朝笔记小说大观》，上海古籍出版社1999年版，第1058页。

⑤ 唐代已有端午食粽的习俗，参见(五代)王仁裕：《开元天宝遗事》卷上“宫中每到端午节，造粉团角黍贮于金盘中，以小角造弓子，纤妙可爱。架箭射盘中粉团，中者得食，盖粉团滑腻而难射也。都中盛于此戏。”(丁如明等校点：《唐五代笔记小说大观》，上海古籍出版社2000年版，第1728页)

> 九月九日，四民并籍野饮宴。①
>
> 十月朔日，黍矐，俗谓之秦岁首。②
>
> 仲冬之月，采撷霜燕、菁、葵等杂菜干之，并为咸菹。有得其和者，并作金钗色。今南人作咸菹，以糯米熬捣为末，并研胡麻汁和酿之，石窖令熟。菹既甜脆，汁亦酸美，其茎为金钗股，醒酒所宜也。③
>
> 岁暮，家家具肴蔌，诣宿岁之位，以迎新年。相聚酣饮。留宿岁饭，至新年十二日，则弃之街衢，以为去故纳新也。④

以上为秋冬两季部分节俗及饮食。第一则重阳节，《荆楚岁时记》录其宴饮习俗，据梁吴均《续齐谐记》："汝南桓景随费长房游学累年，长房谓曰：'九月九日，汝家中当有灾。宜急去，令家人各作绛囊，盛茱萸，以系臂，登高饮菊花酒，此祸可除。'景如言，齐家登山。夕还，见鸡犬牛羊一时暴死。长房闻之曰：'此可代也。'"⑤重阳佩茱萸，外出登高饮酒，原为避祸所制，后渐成家人登高集会的节日，继而为思亲类诗歌反复吟咏。九月九日所饮为菊花酒由来已久，以整株花木杂谷物酿造一年而成，刘歆《西京杂记》卷3："九月九日，佩茱萸，食蓬饵，饮菊华酒，令人长寿。菊华舒时，并采茎叶，杂黍米酿之，至来年九月九日始熟，就饮焉，故谓之菊华酒。"⑥第二则十月一日"黍矐"，以谷始熟而尝新，释早期岁首之由来。第

① 王根林、黄益元、曹光甫校点：《汉魏六朝笔记小说大观》，上海古籍出版社1999年版，第1059页。

② 王根林、黄益元、曹光甫校点：《汉魏六朝笔记小说大观》，上海古籍出版社1999年版，第1059页。

③ 王根林、黄益元、曹光甫校点：《汉魏六朝笔记小说大观》，上海古籍出版社1999年版，第1059页。

④ 王根林、黄益元、曹光甫校点：《汉魏六朝笔记小说大观》，上海古籍出版社1999年版，第1060页。

⑤ （梁）吴均：《续齐谐记》，王根林、黄益元、曹光甫校点：《汉魏六朝笔记小说大观》，上海古籍出版社1999年版，第1007页。

⑥ （汉）刘歆：《西京杂记》卷3，王根林、黄益元、曹光甫校点：《汉魏六朝笔记小说大观》，上海古籍出版社1999年版，第98页。

三则仲冬咸菹，资料详记其做法，采诸菜干之，加盐及调料腌制，即今之咸菜。仲冬时节，蔬菜凋零，制成咸菜可长期保存，有助过冬。第四则为守岁迎新之饮食，“家家具肴蔌，诣宿岁之位”肴蔌指鱼肉菜蔬，守岁饭食留至新年第十二日方弃，取“去故纳新”之意。

可稍作补充的是，此期以草木酿酒已较为成熟：

> 草麹，南海多美酒，不用麹蘖，但杵米粉，杂以众草叶，冶葛汁滫溲之。大如卵，置蓬蒿中，荫蔽之，经月而成。用此合糯为酒，故剧饮之，既醒，犹头热涔涔，以其有毒草故也。南人有女，数岁，即大酿酒。既漉，候冬陂池竭时，寘酒罂中，密固其上。瘗陂中，至春，潴水满，亦不复发矣。女将嫁，乃发陂取酒，以供贺客，谓之女酒。其味绝美。①（《南方草木状》卷上）
>
> 张华为九酝酒，以三薇渍麹蘖，蘖出西羌，麹出北胡。胡中有指星麦，四月火星出，麦熟而获之。蘖用水渍麦三夕而萌芽，平旦鸡鸣而用之，俗人呼为“鸡鸣麦”。以之酿酒，醇美，久含令人齿动。若大醉，不叫笑摇荡，令人肝肠消烂，俗人谓为“消肠酒”。或云醇酒可为长宵之乐，两说声同而事异也。闾里歌曰：“宁得醇酒消肠，不与日月齐光。”言耽此美酒，以悦一时，何用保守灵而取长久。②（《拾遗记》卷9）

《南方草木状》详细记载以草麹制酒的方法，不同于起源更早的麹蘖，草麹就地取材，创新了酿酒的方式。女酒的习俗显示南方对女性家庭成员的重视，这一现象与男女性别比例有关，同书卷上“水葱，花叶皆如鹿葱。花色有红、黄、紫三种。出始兴。妇人怀妊，佩其花生男者，即此花，非鹿

① 王根林、黄益元、曹光甫校点：《汉魏六朝笔记小说大观》，上海古籍出版社1999年版，第257页。

② （前秦）王嘉：《拾遗记》卷9，王根林、黄益元、曹光甫校点：《汉魏六朝笔记小说大观》，上海古籍出版社1999年版，第552~553页。

葱也。交广人佩之，极有验。然其土多男，不厌女子，故不常佩也”①。可作为参照。《拾遗记》所录张华以西域所传之物造酒，文本不乏传奇色彩。酒水醇美，虽消肠，世人犹耽之，可见好酒之风气。

二、祈福之物：时序中的民俗信仰

南方巫术、占卜盛行且多鬼神信仰，节令祈福与基本的生活诉求相关。与之相应的，祭祀禳灾等活动也离不开植物的参与。概括而言，《荆楚岁时记》祈福行为包括两类，一是祭祀家宅神及社神；二是驱鬼、避恶、逐疫及其他月令禁忌。

首先是祭祀家宅神及社神：

> 正月十五日，作豆糜，加油膏其上，以祠门户。先以杨枝插门，随杨枝所指，仍以酒脯饮食及豆粥插箸而祭之。其夕，迎紫姑，以卜将来蚕桑，并占众事。②
>
> 十二月八日为腊日。谚语：“腊鼓鸣，春草生。”村人并击细腰鼓，戴胡头，及作金刚力士以逐疫。其日，并以豚酒祭灶神。③
>
> 社日，四邻并结综会社，牲醪，为屋于树下，先祭神，然后飨其胙。④

第一则是正月十五日祭祀门户神、厕神，占卜蚕桑及众事。以杨枝插门、豆糜膏粥、酒脯饮食祭门户神，据杜公瞻引吴均《续齐谐记》所录，侧重祭

① （晋）嵇含：《南方草木状》卷上，王根林、黄益元、曹光甫校点：《汉魏六朝笔记小说大观》，上海古籍出版社1999年版，第258页。

② 王根林、黄益元、曹光甫校点：《汉魏六朝笔记小说大观》，上海古籍出版社1999年版，第1053~1054页。

③ 王根林、黄益元、曹光甫校点：《汉魏六朝笔记小说大观》，上海古籍出版社1999年版，第1060页。

④ 王根林、黄益元、曹光甫校点：《汉魏六朝笔记小说大观》，上海古籍出版社1999年版，第1055页。

祀蚕桑之神，“世人正月半作粥祷之，加肉覆其上，登屋食之。咒曰：‘登高糜，挟鼠脑，欲来不来？待我三蚕老。’则是为蚕逐鼠矣”①。种桑养蚕为南方民间重要的经济来源，蚕室祭祀，寄托着丰收的愿望，所言咒语亦颇为生动形象。紫姑为厕神，生时为妾，为大妇所妒，感激而死，后世正月十五日作其形而迎之。“于厕边或猪栏边迎之，捉之觉重，是神来也。”“俗云溷厕之间必须静，而后致紫姑。”②从性别角度而言，蚕桑神、厕神均为女性，与女性承担的家务劳作密切相关。第二则是腊日祭灶神，并伴有击鼓逐疫的祈福仪式。岁首祠门户神，岁末祭灶神，均属家宅神，此类祭祀可视为日常生活的组成部分。第三则是祭社神，即土地神，相较于各祭家宅神，祀社神为集体性活动，四邻结社以牲醪祭之，更为盛大隆重。

其次是驱鬼、避恶、逐疫及其他月令禁忌：

正月夜多鬼鸟度，家家槌床打户，捩狗耳，灭灯烛以禳之。③

正月未日夜，芦苣火照井厕中，则百鬼走。④

三月三日，士民并出江渚池沼间，为流杯曲水之饮。是日，取鼠麴汁蜜和粉，谓之龙舌粰，以厌时气。⑤

五月俗称恶月，多禁。忌曝床荐席，及忌盖屋。⑥

五月五日，四民并蹋百草，又有斗百草之戏。采艾以为人，悬门

① 王根林、黄益元、曹光甫校点：《汉魏六朝笔记小说大观》，上海古籍出版社1999年版，第1054页。

② 王根林、黄益元、曹光甫校点：《汉魏六朝笔记小说大观》，上海古籍出版社1999年版，第1054页。

③ 王根林、黄益元、曹光甫校点：《汉魏六朝笔记小说大观》，上海古籍出版社1999年版，第1054页。

④ 王根林、黄益元、曹光甫校点：《汉魏六朝笔记小说大观》，上海古籍出版社1999年版，第1054页。

⑤ 王根林、黄益元、曹光甫校点：《汉魏六朝笔记小说大观》，上海古籍出版社1999年版，第1056页。

⑥ 王根林、黄益元、曹光甫校点：《汉魏六朝笔记小说大观》，上海古籍出版社1999年版，第1057页。

户上，以禳毒气。是日，竞渡，采杂药。以五彩丝系臂，名曰辟兵，令人不病瘟。又有条达等织组杂物以相赠遗。①

八月十四日，民并以朱水点儿头额，名为天灸，以厌疾。又以锦彩为眼明囊，递相饷遗。②

驱鬼是正月里的重要活动，自正月一日至末日，可见不同的驱鬼记载。关于鬼之形态，此期小说不一而论。“鬼鸟”，注曰：“《玄中记》云：‘此鸟名姑获。一名天地女，一名隐飞鸟，一名夜行游女，好取人女子养之。有小儿之家，即以血点其衣以为志。故世人名为鬼鸟。’荆州弥多。斯言信矣。”③以巨大的声响或是光亮退鬼是常见的驱鬼方式。上巳节由来已久，除“流杯曲水之饮”，尚有鼠麴草所做龙舌粰之节令饮食。鼠麴草为菊科植物，可入药，以之为食，可厌时气。据《荆楚岁时记》，农历五月为恶月，有诸多禁忌，材料罗列两条，“忌曝床荐席”“忌盖屋”，注解引《异苑》释其由来，又引《月令》“仲夏可以居高明，可以远眺望，可以升山陵，可以处台榭”，及郑玄言“顺阳在上”，以为“不得上屋，正与礼反”“但当矫之归于正耳”④，对五月之禁忌提出疑问乃至发难。端午节俗，注云“竞渡”为纪念屈原。至于采艾悬门、遍采杂药、五彩丝系臂则为驱疫所设。“岁多病则艾先生”，悬艾以禳毒气实则取其药用价值。端午渐近仲夏，南方暑湿溽热且多瘴疠之气，于是采药驱疾便成为重要的节令活动。八月十四日朱水点儿头额以厌疾，又互赠眼明囊，亦属祈祝健康，可见对疾病的抵抗渗透在不同节令的民俗之中，贯穿年岁。

---

①　王根林、黄益元、曹光甫校点：《汉魏六朝笔记小说大观》，上海古籍出版社1999年版，第1057页。

②　王根林、黄益元、曹光甫校点：《汉魏六朝笔记小说大观》，上海古籍出版社1999年版，第1059页。

③　王根林、黄益元、曹光甫校点：《汉魏六朝笔记小说大观》，上海古籍出版社1999年版，第1054页。

④　王根林、黄益元、曹光甫校点：《汉魏六朝笔记小说大观》，上海古籍出版社1999年版，第1057页。

实际上，重要节令往往包含多种习俗，植物制作成食物或被用作祈福、辟邪物品会同时出现。

> 正月一日是三元之日也。《春秋》谓之端月。鸡鸣而起，先于庭前爆竹，以辟山臊恶鬼。长幼悉正衣冠，以次拜贺。进椒柏酒，饮桃汤。进屠苏酒，胶牙饧。下五辛盘。进敷于散，服却鬼丸。各进一鸡子。造桃板著户，谓之仙木。凡饮酒次第，从小起。帖画鸡户上，悬苇索于其上，插桃符其傍，百鬼畏之。①

正月初一作为岁首的第一个节日，隆重且繁复。文本中涉及的事物有爆竹、椒柏酒、桃汤、屠苏酒、胶牙饧、五辛盘、敷于散、却鬼丸、鸡子、桃板、画鸡、苇索、桃符等，或可食用，或为驱邪，注解释其功用较为详细。爆竹声响，可辟山臊。“桃者，五行之精，厌伏邪气，制百鬼也”②，故有桃汤、桃板、桃符。椒柏酒，取用料之香气。屠苏酒由小及长次第饮之，先贺小者得岁。胶牙饧为甜食，五辛可通五藏之气。据杜公赡注，敷于散出葛洪《炼化篇》：“用柏子人、麻人、细辛、干姜、附子等分为散，井华水服之。”③可见道教对民俗之影响。吞食鸡子为辟瘟消疫，医疗条件尚不发达之时，瘟疫难以控制，故岁时节令避疫礼俗不惮其繁。

《诗经》农事诗遵循时令开展农事，偏向自然月令的如实记录，《荆楚岁时记》以节俗串联，描写视线则是从田野耕作转向日常空间。岁时节令是人类活动作用于自然而约定俗成，文化特征明显。习俗集会承载着族群关于时间的集体记忆，相较于月令节气，岁时节令的人文色彩可进一步加深家族间的情感维系。本节侧重探讨岁时节令中的植物及民俗，

① 王根林、黄益元、曹光甫校点：《汉魏六朝笔记小说大观》，上海古籍出版社1999年版，第1051页。

② 王根林、黄益元、曹光甫校点：《汉魏六朝笔记小说大观》，上海古籍出版社1999年版，第1051页。

③ 王根林、黄益元、曹光甫校点：《汉魏六朝笔记小说大观》，上海古籍出版社1999年版，第1051页。

事实上《荆楚岁时记》所录民俗丰富多彩，伴随节俗形成的民间艺术①，斗鸡、打球、秋千、乞巧等游戏，均勾勒出荆楚地区生动鲜活的节令生活图景。

第三节　南方地理物候与疾病疗愈

古典文学发展早期，南方作为未开发的蛮夷之地，不同于中土的地理物候及人伦习俗常受到关注并得到记录。此期笔记小说中的“南方”多是概述性的描写或是传闻性的叙事，包括江南、岭南、西南等地。自然环境恶劣、人文民俗落后是关于南方地理物候的普遍认知，不宜久居是中土文化对蛮夷之地的定义。与之相应的，《南方草木状》及《搜神记》《异苑》等志怪小说记载多种疗疾药物，以药用植物最为多见。驱疟是疾病抵御的重要主题，折射出时人对疟病的抗争途径。

一、南方不宜居：地理物候之认知

笔记小说对南方地理物候的记录主要包含两个方面，一是自然环境恶劣，二是人文民俗落后，均体现不宜久居的特征。

首先，自然环境恶劣较典型的表征是溪毒、蛊毒及瘴疠之气。

> 江南山溪中水射工虫，甲类也，长一二寸，口中有弩形，气射人影，随所著处发疮，不治则杀人。今鸂鶒虫溺人影，亦随所著处生疮。②（《博物志》卷3）
>
> 汉光武中平中，有物处于江水，其名曰“蜮”，一曰“短狐”，能含沙射人。所中者，则身体筋急，头痛发热，剧者至死。江人以术方抑

① 参见刘悦：《〈荆楚岁时记〉所载民间美术研究》，重庆师范大学硕士学位论文，2018年。

② 王根林、黄益元、曹光甫校点：《汉魏六朝笔记小说大观》，上海古籍出版社1999年版，第197页。

之，则得沙石于肉中。《诗》所谓“为鬼为蜮，则不可测”也。今俗谓之溪毒。先儒以为男女同川而浴，淫女为主，乱气所生也。① （《搜神记》卷 12）

蛊有怪物，若鬼。其妖形变化，杂类殊种，或为狗豕，或为虫蛇，其人不自知其形状。行之于百姓，所中皆死。② （《搜神记》卷 12）

剡县有一家事蛊，人啖其食饮，无不吐血死。③ （《搜神后记》卷 2）

芒茅枯时，瘴疫大作，交广皆尔也。土人呼曰黄茅瘴，又曰黄芒瘴。④ （《南方草木状》卷上）

前二则材料记录溪毒。南方水中有射工、鬼蜮、水狐，据引文，三者或为水中毒虫的统称，能含沙射影，人却难以捕获，由此推测形体微小且行动极为敏捷。关于溪毒之由来，《搜神记》云“先儒以为男女同川而浴，淫女为主，乱气所生也”，将毒物的产生与人伦相关联；《玄中记》云“视其形虫也，其气乃鬼也”，以为是鬼魅作怪，“人中，十人六七人死”⑤的高死亡率使得“溪毒”在笔记小说中频繁出现。《搜神记》卷 12 另载永昌郡不韦县之禁水，仅冬末勉可渡涉，其余月份，毒虫出行，中人则害，“故郡有罪人，徙之禁旁，不过十日皆死”⑥。禁水成为处罚罪人的场域，由此也可进一步得知为溪毒所射痛苦且难以医治。唐段成式《酉阳杂俎》卷 11“古蠼螋、

① 王根林、黄益元、曹光甫校点：《汉魏六朝笔记小说大观》，上海古籍出版社 1999 年版，第 375 页。

② 王根林、黄益元、曹光甫校点：《汉魏六朝笔记小说大观》，上海古籍出版社 1999 年版，第 375 页。

③ 王根林、黄益元、曹光甫校点：《汉魏六朝笔记小说大观》，上海古籍出版社 1999 年版，第 448 页。

④ 王根林、黄益元、曹光甫校点：《汉魏六朝笔记小说大观》，上海古籍出版社 1999 年版，第 257 页。

⑤ （晋）郭璞：《玄中记》，鲁迅：《古小说钩沉》，齐鲁书社 1997 年版，第 240 页。

⑥ （晋）干宝：《搜神记》卷 12，王根林、黄益元、曹光甫校点：《汉魏六朝笔记小说大观》，上海古籍出版社 1999 年版，第 375 页。

短狐、踏影蛊，皆中人影为害”①，水前避影仍是躲避溪毒的被动方式。三四则材料载蛊毒，施蛊历来被禁，南方多蛊却在笔记小说乃至唐人诗歌中得到记录。较之于溪毒，蛊毒的致命率更高，因而更能引发时人内心之恐惧。第五则载交广地区黄茅瘴，“岭表山川盘郁结聚，不易疏泄，故多岚雾作瘴，人感之多病”②。一般认为，“瘴”指南方山林间卑湿蒸郁之气，是重要的致病因素，有时也指疟疾，东汉初已经产生南方炎湿多瘴之观念③。唐诗中与“瘴”有关的语汇尚有瘴烟、瘴云、瘴土、瘴雨、瘴水、瘴色、蛮瘴、南瘴、毒瘴、炎瘴、春瘴、秋瘴等。“瘴江西去火为山，炎徼南穷鬼作关。从此更投人境外，生涯应在有无间。”④瘴疠之气成为南迁士人反复吟咏的南方意象。

其次是人文习俗落后，《博物志》卷2《异俗》篇数则条目关涉南方：

越之东有骇沐之国，其长子生则解而食之，谓之宜弟。父死则负其母而弃之，言鬼妻不可与同居。⑤

楚之南有炎人之国，其亲戚死，朽之肉而弃之，然后埋其骨，乃为孝也。⑥

荆州极西南界至蜀，诸民曰獠子，妇人妊娠七月而产。临水生儿，便置水中。浮则取养之，沈便弃之，然千百多浮。既长，皆拔去

① 丁如明等校点：《唐五代笔记小说大观》，上海古籍出版社2000年版，第639页。

② （唐）刘恂：《岭表录异》，中华书局1985年版，第1页。

③ 参见左鹏：《汉唐时期的瘴与瘴意象》，荣新江主编《唐研究》第8卷，北京大学出版社2002年版。

④ （唐）张均：《流合浦岭外作》，（清）彭定求等编：《全唐诗》，中华书局1960年版，第985页。

⑤ 王根林、黄益元、曹光甫校点：《汉魏六朝笔记小说大观》，上海古籍出版社1999年版，第192页。

⑥ 王根林、黄益元、曹光甫校点：《汉魏六朝笔记小说大观》，上海古籍出版社1999年版，第192页。

上齿牙各一，以为身饰。①

交州夷名曰俚子。俚子弓长数尺，箭长尺余，以燋铜为镝，涂毒药于镝锋，中人即死，不时敛藏，即膨胀沸烂，须臾肌肉燋煎都尽，唯骨耳。其俗誓不以此药法语人。治之，饮妇人月水及粪汁。时有差者。唯射猪犬者，无他，以其食粪故也。燋铜者，故烧器。其长老唯别燋铜声，以物杵之，徐听其声，得燋毒者，便凿取以为箭镝。②

第一则骇沐之国食长子而宜弟，与中土嫡长子继承制明显不同，父亡则弃母，更是与孝德相悖。第二则炎人之国，亲戚死亡并不及时安葬，而是朽肉弃之再葬其骨，保留着较为原始的丧葬习俗。第三则荆州至西蜀，民曰獠子，妇人孕期更短，将新生儿置于水中决定养弃，虽不科学，或为测其身体是否强健。拔上齿以为身饰与发肤受之于父母，惜爱身体的孝敬观念有别。第四则为交州毒箭制法及疗毒方式，弓箭广泛应用于南方丛林之间，此材料中以燋毒为箭镝，毒性极大，本为防射猪犬，若中人"饮妇人月水及粪汁"或可瘥，疗毒方法奇特。以上内容或为实录，显示出南方迥异于中土的习俗。

"蛮夷者，外痴内黠，安土重旧。以其受异气于天命，故待以不常之律：田作贾贩，无关繻、符传、租税之赋；有邑君长，皆赐印绶；冠用獭皮，取其游食于水。今即梁、汉、巴、蜀、武陵、长沙、庐江郡夷是也。用糁杂鱼肉，叩槽而号，以祭盘瓠，其俗至今。故世称'赤髀横裙，盘瓠子孙'。"③实际上，对南方自然环境和人文习俗的认知，是以中土文明为中心的观照结果。"蛮夷""獦獠""俚子"的称呼，暗示南方远民未经开化。

① 王根林、黄益元、曹光甫校点：《汉魏六朝笔记小说大观》，上海古籍出版社1999年版，第192页。

② 王根林、黄益元、曹光甫校点：《汉魏六朝笔记小说大观》，上海古籍出版社1999年版，第192页。

③ 王根林、黄益元、曹光甫校点：《汉魏六朝笔记小说大观》，上海古籍出版社1999年版，第382页。

其中，关于西蜀民为猴玃之孙的传说，① 影响到动物精怪类故事的建构，唐代笔记小说《宣室志》等书所载猿怪外貌可男可女，更具人情，可视为此类传说的衍生文本。

二、药用植物：疗疾之药物

早期地理小说《神异经·南荒经》已载南方疗疾植物，如涕竹、甘蔗等，虽是生活中常见之物，外形却更为夸大。②《南方草木状》载录不同功效的药用植物，志怪小说疗疾叙事也涉及药物，并带有一定的想象色彩。

《南方草木状》所录疗疾药物可大致罗列如下：

序号	药名	产地	药　　效
1	豆蔻花	交州	旧说此花食之破气消痰，进酒增倍。泰康二年，交州贡一篚，上试之有验，以赐近臣。③
2	山姜花	九真、交趾	煎服之，治冷气甚效。④

① （晋）张华：《博物志》卷3："蜀山南高山上，有物如猕猴。长七尺，能人行，健走，名曰猴玃，一名马化，或曰猳玃。伺行道妇女有好者，辄盗之以去，人不得知。行者或每遇其旁，皆以长绳相引，然故不免。此得男子气，自死，故取女不取男也。取去为室家，其年少者终身不得还。十年之后，形皆类之，意亦迷惑，不复思归。有子者辄俱送还其家，产子皆如人，有不食养者，其母辄死，故无敢不养也。及长，与人无异，皆以杨为姓，故今蜀中西界多谓杨率皆猳玃、马化之子孙，时时相有玃爪也。"（王根林、黄益元、曹光甫校点：《汉魏六朝笔记小说大观》，上海古籍出版社1999年版，第196页）

② （汉）东方朔：《神异经·南荒经》："南方荒中有涕竹，长数百丈，围三丈六尺，厚八九寸，可以为船。其笋甚美，食之可以止疮疠。""南方有甘蔗之林，其高百丈，围三尺八寸。促节多汁，甜如蜜，咋啮其汁，令人润泽。可以节蚘虫。人腹中蚘虫，其状如蚓，此消谷虫也。多则伤人，少则谷不消。是甘蔗，能灭多益少，凡蔗亦然。"（王根林、黄益元、曹光甫校点：《汉魏六朝笔记小说大观》，上海古籍出版社1999年版，第52~53页）

③ （晋）嵇含：《南方草木状》卷上，王根林、黄益元、曹光甫校点：《汉魏六朝笔记小说大观》，上海古籍出版社1999年版，第256页。

④ （晋）嵇含：《南方草木状》卷上，王根林、黄益元、曹光甫校点：《汉魏六朝笔记小说大观》，上海古籍出版社1999年版，第256页。

续表

序号	药名	产地	药　效
3	留求子	南海、交趾	治婴孺之疾。①
4	杜荆	宁浦	指病自愈。节不相当者，月晕时刻之，与病人身齐等，置床下，虽危困亦愈。②
5	诃梨勒	九真	可作饮，变白髭发令黑。③
6	庵摩勒	九真	术士以变白须发，有验。④
7	吉利草		交广俚俗多畜蛊毒，惟此草解之，极验。⑤
8	良耀草		解毒，功用亚于吉利。⑥
9	蕙草	南海	可以止疠。⑦
10	榼藤	南海	解诸药毒。⑧

上表共载十种药用植物，就药效而言，4 种(吉利草、良耀草、蕙草、榼藤)用于解毒止疠，“岭南风俗，多为毒药”⑨，故解药的多样化也不足

① (晋)嵇含:《南方草木状》卷上，王根林、黄益元、曹光甫校点:《汉魏六朝笔记小说大观》，上海古籍出版社 1999 年版，第 256 页。

② (晋)嵇含:《南方草木状》卷中，王根林、黄益元、曹光甫校点:《汉魏六朝笔记小说大观》，上海古籍出版社 1999 年版，第 262 页。

③ (晋)嵇含:《南方草木状》卷中，王根林、黄益元、曹光甫校点:《汉魏六朝笔记小说大观》，上海古籍出版社 1999 年版，第 261 页。

④ (晋)嵇含:《南方草木状》卷下，王根林、黄益元、曹光甫校点:《汉魏六朝笔记小说大观》，上海古籍出版社 1999 年版，第 266 页。

⑤ (晋)嵇含:《南方草木状》卷上，王根林、黄益元、曹光甫校点:《汉魏六朝笔记小说大观》，上海古籍出版社 1999 年版，第 258 页。

⑥ (晋)嵇含:《南方草木状》卷上，王根林、黄益元、曹光甫校点:《汉魏六朝笔记小说大观》，上海古籍出版社 1999 年版，第 258 页。

⑦ (晋)嵇含:《南方草木状》卷上，王根林、黄益元、曹光甫校点:《汉魏六朝笔记小说大观》，上海古籍出版社 1999 年版，第 259 页。

⑧ (晋)嵇含:《南方草木状》卷中，王根林、黄益元、曹光甫校点:《汉魏六朝笔记小说大观》，上海古籍出版社 1999 年版，第 262 页。

⑨ (唐)张鷟:《朝野佥载》卷 1，丁如明等校点:《唐五代笔记小说大观》，上海古籍出版社 2000 年版，第 8 页。

为奇；2 种(诃梨勒、庵摩勒)令白发转黑；余下 4 种药效不一，可用于破气消痰(豆蔻花)、治疗冷气(山姜花)、疗婴孺之疾(留求子)等。《南方草木状》言及药效，往往以验之有效加以佐证，可见对药用植物的识别是基于日常经验的判定，表中仅“杜荆”条描述较为笼统，其用法亦略显神秘，即伴随巫术实现病症的转移。

志怪小说中的疗疾植物往往由故事引出，带有一定的虚构成分。

> 余外妇姊夫蒋士，有佣客，得疾下血。医以中蛊，乃密以蘘荷根布席下，不使知。乃狂言曰：“食我蛊者，乃张小小也。”乃呼小小亡去。今世攻蛊，多用蘘荷根，往往验。蘘荷或谓嘉草。① (《搜神记》卷 12)
>
> 鄱阳赵寿有犬蛊。时陈岑诣寿，忽有大黄犬六七群，出吠岑。后余伯归与寿妇食，吐血几死，乃屑桔梗以饮之而愈。② (《搜神记》卷 12)
>
> 元嘉中，章安有人啖鸭肉，乃成瘕病。胸满面赤，不得饮食。医令服秫米沈。须臾烦闷，吐一鸭雏，身、喙、翅皆已成就，惟左脚故缀昔所食肉，病遂获差。③ (《异苑》卷 8)

《搜神记》二则故事皆为攻克蛊毒。如前所揭，蛊毒可怖，死亡率极高，蘘荷可止痛散淤，治痈疽肿毒，桔梗主要用于宣肺止痰，均为常见中药材。“以蘘荷根布席下”或“屑桔梗以饮之”即可攻蛊显然是倾向理想化的方式。《异苑》所载“瘕病”指腹中结块或生虫，秫米性微凉，宁神和胃，文本中章有安人食秫米而“吐一鸭雏”之事，是以文学性的手法写秫米有催吐之疗效。《搜神后记》卷 3 载“腹瘕病”为腹中生鳖，毒药亦不能解，后服马溺而

① 王根林、黄益元、曹光甫校点：《汉魏六朝笔记小说大观》，上海古籍出版社 1999 年版，第 375 页。

② 王根林、黄益元、曹光甫校点：《汉魏六朝笔记小说大观》，上海古籍出版社 1999 年版，第 375 页。

③ 王根林、黄益元、曹光甫校点：《汉魏六朝笔记小说大观》，上海古籍出版社 1999 年版，第 675 页。

病得愈。① 同卷又有腹中生物如牛肚，偏好饮茗，人复饮五升将物吐出而病瘥。② 医疗尚不发达的时期，腹中生异物往往以催吐的途径加以治疗。

三、驱疟：疾病抵御的重要主题

疟疾，属虫媒传染病，由疟原虫引起，传播性强，多发于热带、亚热带地区。主要症状为寒热交替，发冷高热，肌肉酸痛等，病痛周期长，对人体侵害性大，严重者可致死亡。此期笔记小说多称疟病为“虐鬼”：

> 昔颛顼氏有三子，死而为疫鬼：一居江水，为疟鬼；一居若水，为魍魉鬼；一居人宫室，善惊人小儿，为小鬼。③（《搜神记》卷16）
>
> 嘉兴令吴士季者，曾患疟，乘船经武昌庙过，遂遣人辞谢，乞断虐鬼焉。既而去庙二十余里，寝际，忽梦塘上有一骑追之，意甚疾速。见士季，乃下马，与一吏共入船后，缚一小儿将去。既而疟疾遂愈。④（《录异传》）
>
> 宏老吴兴乌程人，患疟经年不差。宏后独至田舍，疟发，有数小

① （晋）陶潜：《搜神后记》卷3：“昔有一人，与奴同时得腹瘕病，治不能愈。奴既死，乃剖腹视之，得一白鳖，赤眼，甚鲜明。乃试以诸毒药浇灌之，并内药于鳖口，悉无损动。乃系鳖于床脚。忽有一客来看之，乘一白马。既而马溺溅鳖，鳖乃惶骇，欲疾走避溺，因系之不得去，乃缩藏头颈足焉。病者察之，谓其子曰：‘吾病或可以救矣。’乃试取白马溺以灌鳖上，须臾便消成数升水。病者乃顿服升余白马溺，病豁然愈。”（王根林、黄益元、曹光甫校点：《汉魏六朝笔记小说大观》，上海古籍出版社1999年版，第452~453页）

② （晋）陶潜：《搜神后记》卷3：“桓宣武时，有一督将，因时行病后虚热，更能饮复茗，必一斛二斗乃饱。才减升合，便以为不足。非复一日。家贫。后有客造之，正遇其饮复茗，亦先闻世有此病，仍令更进五升，乃大吐，有一物出，如升大，有口，形质缩绉，状如牛肚。客乃令置之于盆中，以一斛二斗复茗浇之。此物噏之都尽，而止觉小胀。又加五升，便悉混然从口中涌出。既吐此物，其病遂差。”（王根林、黄益元、曹光甫校点：《汉魏六朝笔记小说大观》，上海古籍出版社1999年版，第453页）

③ 王根林、黄益元、曹光甫校点：《汉魏六朝笔记小说大观》，上海古籍出版社1999年版，第396页。

④ 《录异传》，鲁迅：《古小说钩沉》，齐鲁书社1997年版，第256页。

> 儿，或骑公腹，或扶公手脚。公因阳瞑，忽起捉得一儿，遂化成黄鹢，余者皆走。公乃缚以还家。暮县窗上，云明日当杀食之。比晓，失鹢处。公疟遂断。于时人有得疟者，但呼宏公，便疟断。① (《录异传》)

“虐鬼”之称，反映出对尚难明其病理的疾病一般视为鬼怪作祟的普遍现象。《搜神记》“昔颛顼氏有三子，死而为疫鬼：一居江水，为疟鬼”的传闻基本确立了虐鬼的小儿形象。嘉兴令梦中见二吏擒缚小儿，随之病愈。宏老疟发见数小儿，捉得一儿化为黄鹢而去，疟遂断。上述故事将无形的病痛有形化，抵御疟疾的过程也随之可视化。宏老驱疟成功，时人呼“宏公”则疟得除，显然亲自除疟之人被神话成足以克服病痛的符号。可稍作补充，唐段成式《酉阳杂俎》卷10“鼓杖”条以为船人误触水中鼓杖则患疟，②与《搜神记》中疟鬼居江水一致，可见唐前对疟疾与水域关系的认知。

疟疾长期存在于中国南方地区，志怪小说中的驱疟叙事寄托着时人克服疾病的愿景。实际上，“疟鬼”“疟病”到了唐代仍广泛出现在文学作品之中，南迁士人自述患疟体验的诗歌及与故友之书信，无不言说疾病的苦痛以及惧怕之心理。与此同时，驱疟的方式逐渐与宗教关联，如《法苑珠林》卷60“疗疟病鬼咒”，《酉阳杂俎》卷10“焦米”条载割肉贸鸽的尸毗王仓库所存焦米服之则可断疟。③ 这也从侧面反映出，佛教传入中国后，异质文化向内渗透的同时，也适应着本土民俗，显示其积极入世的一面。

---

① 《录异传》，鲁迅：《古小说钩沉》，齐鲁书社1997年版，第256页。

② （唐）段成式：《酉阳杂俎》卷10：“鼓杖，含洭县翁水口下东岸有圣鼓杖，即阳山之鼓杖也。横在川侧，冲波所激，未尝移动，众鸟飞鸣，莫有萃者。船人误以篙触，必患疟。”（丁如明等校点：《唐五代笔记小说大观》，上海古籍出版社2000年版，第628页）

③ （唐）段成式：《酉阳杂俎》卷10：“焦米，乾陀国昔尸毗王仓库为火所烧，其中粳米焦者，于今尚存，服一粒，永不患疟。”（丁如明等校点：《唐五代笔记小说大观》，上海古籍出版社2000年版，第631页）

第三章　异度空间

汉魏六朝笔记小说中的异度空间包括山林洞窟、水域天河、冢墓地狱等，此类叙事体现出古典小说发展初期颇为高超的想象力和虚构色彩，并对后世产生深远影响。

首先，误入山林洞窟类故事寄托着乱世之中关于乐土的建构与描绘，或是带有浓厚的道教意蕴。物品不可外携，烘托出异境的神秘，引发阅读者的向往与敬畏。境不复寻见，使得此类小说具有朦胧的审美。其次，上古河伯传说是水域想象的起点，代传讯息是人与水中世界建立关联的契机。对水的恐惧与崇拜形成了献祭的习俗，贵重物品及女性则往往成为祭品，与之形成对比的是河神形象并不可畏，而是具有鲜明的人情味。“八月浮槎”将视线投向天河，远界遥想的空间越发广阔无垠。再次，墓冢书写与地狱游历承载着他界空间之想象。冢变房屋是生者得以借宿墓冢的方式，鬼之形象则渐由可怖巨大者转而具有人之情态。人鬼遇合类文本预示着入冢类叙事趋向成熟，且基本遵循男子遇合女鬼之性别设置。冢中人复活，多关涉男女情感，可视为此期青年男女婚恋生活之写照。冢中人隔代复活则成为前代故事的口述者，是掘墓行为的衍生文本。人鬼间的沟通包括达愿与博弈两类，生人助亡者达愿实则折射出人之精神诉求，人鬼间的博弈往往以人之正气与智慧获胜。地狱描绘源于佛典译介，游历者自述地狱见闻，增强了叙事的可信性。此类故事多为宣教所设，因果业报思想显著，有助于宗教信仰之普及。最后，异境内外时间流逝速度不同是值得注意的关键词。空间内外须臾经年，不对等的光阴流逝是人物进入异度空间再回归现实的常见叙事。如何理解这种现象，除去小说虚构基础上的情节设置，从苦乐体验与时间感知的角度加以解释，不失为一种有效的路径。

实际上此期笔记小说中的“异度空间”并非仅限于此，如取材于佛经文学的《阳羡书生》就建构了多重区隔的壶中天地，移植果木、远距离取物或是干涉事件进展，则体现出时空的腾转与交错。“异度空间”的描绘到了唐传奇时期又增设“入壁”与“入画”类关于图像空间的想象，与诗歌中的“卧游”相类，反映出随着艺术文体的勃兴，“异度空间”也在扩大范围，并进一步走向雅化。

第一节　洞窟与山林：误入的空间

汉魏六朝笔记小说最为常见的异度空间为洞窟与山林，多是在偶然的情境中进入，不与外交接，物不可带出，境不复寻见是此类故事的典型特征。误入山林洞窟类故事寄托着乱世之中关于乐土的想象与描绘，或是带有浓厚的道教色彩。物品不可外携，烘托出异境的神秘，引发阅读者的向往与敬畏。境不复寻见，使得此类小说具有朦胧的审美，也可见抒情传统对叙事文体之渗透。

一、偶然的误入：想象的乐土

山林洞窟地貌复杂，足迹难至之处便往往引发联想，此期小说诸如《博物志》《搜神后记》《幽明录》《述异记》《异苑》等均可见人物误入山林洞穴类故事。此类叙事中的“异境”偏僻遥远，甚至与世隔绝，同时环境优美且平等富足，符合动乱时期的乐土想象。

旧题陶潜所作《搜神后记》所载误入洞穴类故事较为集中，兹罗列如下：

序号	篇名	人物	误入空间
1	《仙馆玉浆》	某人	嵩高山北大穴
2	《剡县赤城》	袁相、根硕	赤城山穴
3	《韶舞》	荥阳人何氏	山穴
4	《桃花源》	武陵人	山穴
5	《刘驎之》	刘驎之	衡山石囷
6	《穴中人世》	二取樵者	长沙醴陵县水穴

上述篇名或以地名命之，或以经历者之名冠之。误入者身份或为猎者，或为捕鱼者，或为隐者，或是身份不明，多为社会中的下层民众。误入空间的方式不同，或是无意中堕入，或是追随引领者进入，或经山路或经水涧。不同于其他，《韶舞》中荥阳人入山穴见良田，“何遂垦作，以为世业。子孙至今赖之”①。并未外出。同样是入山穴，所见所闻者并不相同。《韶舞》除起舞者领何氏外，并无他人。《仙馆玉浆》所见者有二人，从情节设置看，身份为仙人。《剡县赤城》侧重表现与女性之遇合，且具有道教意涵。《桃花源》所见为避难之人，想象色彩较为明显。《刘驎之》遇伐弓人问还家之途。《穴中人世》入水潜穴，仅言所见“不异世间”②，内容最为简略。

当然，此期小说中洞窟乐土的典型是陶渊明建构的桃花源：

晋太元中，武陵人捕鱼为业。缘溪行，忘路之远近，忽逢桃花林，夹岸数百步，中无杂树，芳华鲜美，落英缤纷。渔人甚异之。复前行，欲穷其林。林尽水源，便得一山。山有小口，仿佛若有光，便舍舟从口入。初极狭，才通人，复行数十步，豁然开朗。土地平旷，

① （晋）陶潜：《搜神后记》卷1，王根林、黄益元、曹光甫校点：《汉魏六朝笔记小说大观》，上海古籍出版社1999年版，第443页。

② 王根林、黄益元、曹光甫校点：《汉魏六朝笔记小说大观》，上海古籍出版社1999年版，第444页。

屋舍俨然，有良田、美池、桑竹之属，阡陌交通，鸡犬相闻。其中往来种作，男女衣着，悉如外人。黄发垂髫，并怡然自乐。见渔人乃大惊，问所从来，具答之。便要还家，为设酒杀鸡作食。村中人闻有此人，咸来问讯。自云先世避秦时乱，率妻子邑人来此绝境，不复出焉，遂与外人间隔。问今是何世，乃不知有汉，无论魏晋。此人一一为具言所闻，皆叹惋。余人各复延至其家，皆出酒食。①（《桃花源记》）

武陵人捕鱼迷途而得进入桃花源，《桃花源记》以渔人的行迹与视角描绘了异境之乐土："土地平旷，屋舍俨然，有良田、美池、桑竹之属，阡陌交通，鸡犬相闻"，这是桃花源美好富足的生活环境；"黄发垂髫，并怡然自乐"是桃源人的精神状态；"各复延至其家，皆出酒食"是淳朴热情的民俗再现。陶渊明生活的晋代，自汉末而起的战争并未终结。现实之中，无处安放世人渴求宁静安和的心灵诉求，将视域投向偏远的偶然之间进入的桃源洞穴变得合乎情理。② 桃源想象在后世影响深远，《述异记》："武陵源在吴山中，无他木，尽生桃李，俗呼为桃李源，源上有石洞，洞中有乳水，世传秦末丧乱，吴中人于此避难，食桃李实者，皆得仙。"③为桃源故事增添道教色彩，也预示着与刘阮故事走向合流的必然。至于桃源作为意象以及文人的精神寄托，成为古典诗文中反复使用的典故则毋庸赘言。

除了"遇隐"的主题，洞穴叙事往往与道教"洞天福地"之建构密切相关，④ 由此便形成另一更为普遍的"遇仙"主题。"名山大川，孔穴相内，

① （晋）陶渊明：《桃花源记》，袁行霈：《陶渊明集笺注》，中华书局2022年版，第469页。《搜神后记·桃花源》与此内容大体相同。

② 可稍作补充，陈寅恪以为《桃花源记》既是寓意之文，亦为纪实之文，参见陈寅恪：《桃花源记旁证》，《金明馆丛稿初编》，上海古籍出版社2020年版，第168～179页。

③ （南朝）任昉：《述异记》，（宋）不著撰人等：《分门古今类事》（外八种），上海古籍出版社1991年版，第625页。

④ 参见刘仲宇：《刘晨阮肇入桃源故事的文化透视》，《中国道教》2002年第6期；沈金浩：《刘阮入天台故事的文化内涵及其在后世的嬗变》，《浙江学刊》2019年第4期。

和气所出，则生石脂、玉膏，食之不死，神龙灵龟行于穴中矣。”①常见的名山如庐山、嵩山、会稽山、天台山等，成为此类故事的发生地。《博物志》《搜神后记》《幽明录》《述异记》《殷芸小说》均可见堕穴遇仙之经历，误入者困于洞窟，偶得仙食玉浆延续生命，② 甚至得长寿之方；③ 或是见龟蛇而习其呼吐之法，身轻智增，④ 带有浓厚的宗教意味。

相较于一般的洞穴遇仙文本，南朝刘义庆《幽明录》所载刘阮故事侧重展现与女性的遇合，从语言及意境的角度而言，宛转曲折，叙事与抒情紧密结合。⑤

> 汉明帝永平五年，剡县刘晨、阮肇共入天台山取谷皮，迷不得返，经十三日，粮食乏尽，饥馁殆死。遥望山上有一桃树，大有子实，而绝岩邃涧，永无登路。攀援藤葛，乃得至上。各啖数枚，而饥止体充。复下山，持杯取水，欲盥漱，见芜菁叶从山腹流出，甚鲜新，复一杯流出，有胡麻饭糁，相谓曰：“此知去人径不远。”便共没水，逆流二三里，得度山出一大溪，溪边有二女子，姿质妙绝，见二人持杯出，便笑曰：“刘、阮二郎，捉向所失流杯来。”晨、肇既不识之，缘二女便呼其姓，如似有旧，乃相见忻喜。问：“来何晚邪?”因邀还家。其家筒瓦屋，南壁及东壁下各有一大床，皆施绛罗帐，帐角悬铃，金银交错。床头各有十侍婢，敕云：“刘、阮二郎，经涉山岨，向虽得琼实，犹尚虚弊，可速作食。”食胡麻饭、山羊脯、牛肉甚甘

① (晋)张华：《博物志》卷1，王根林、黄益元、曹光甫校点：《汉魏六朝笔记小说大观》，上海古籍出版社1999年版，第189页。

② (南朝)刘义庆：《幽明录》，王根林、黄益元、曹光甫校点：《汉魏六朝笔记小说大观》，上海古籍出版社1999年版，第702~703页。

③ (南朝)任昉：《述异记》，鲁迅：《古小说钩沉》，齐鲁书社1997年版，第99页。

④ (晋)张华：《博物志》卷10，王根林、黄益元、曹光甫校点：《汉魏六朝笔记小说大观》，上海古籍出版社1999年版，第225~226页。

⑤ 刘阮春来闻鸟啼鸣而怀悲思，为季节所感而生乡情，正与“物感说”相对应。

> 美。食毕行酒，有一群女来，各持五三桃子，笑而言："贺汝婿来。"酒酣作乐，刘、阮忻怖交并。至暮，令各就一帐宿，女往就之，言声清婉，令人忘忧。十日后，欲求还去，女云："君已来是，宿福所牵，何复欲还邪?"遂停半年。气候草木是春时，百鸟啼鸣，更怀悲思，求归甚苦。女曰："罪牵君，当可如何?"遂呼前来女子有三四十人，集会奏乐，共送刘、阮，指示还路。既出，亲旧零落，邑屋改异，无复相识。问讯得七世孙，传闻上世入山，迷不得归。至晋太元八年，忽复去，不知何所。① (《幽明录》)

刘晨阮肇迷途天台山，粮食殆尽，体力严重消耗，遇桃树暂得充饥，后逢二女与其返家，受到招待，并结为夫妇。文中并未交代二女身份，但二人可未卜先知，且家中装饰富丽，饮食甘美。二人尽显温柔，刘阮乐而忘忧。苦于生计，入山采药或取木材，困于饥疲，迷不得返，或为常见现象，后文刘阮还乡，仅得二人传闻，未见家人寻找，便是例证。与之相应的，遇二女的奇遇便不啻为一种理想化的虚构。短暂的温柔乡犹如白日梦，对家乡的思念则是现实的牵绊。如何化解白日梦与现实牵绊之间的矛盾，作者采用了一种较为巧妙的方式，即山林内外相距甚远的时间差。半年与七世的时间鸿沟，消弭了刘阮二人的思乡情结。二人复去，不知何所的结局在模糊其去向的同时，也暗含对天台山的回归。与桃源遇隐相类，刘阮天台奇遇也往往成为后世通俗文学的取材来源。

刘阮入天台故事因二女身份的不确定，道教意涵并不明显，文本语言典雅，节奏缓慢，以描述绮丽梦境的笔触建构了侧重遇合主题的故事。相较之下，《搜神后记》所载袁相、根硕故事，道教因素可谓呼之欲出。《搜神后记·剡县赤城》内容与刘阮故事相近，袁相、根硕入山狩猎，追随山羊过石桥而入崖壁，穴中有屋，遇二女子而为家室。同样是入山者思归返

① （南朝）刘义庆：《幽明录》，王根林、黄益元、曹光甫校点：《汉魏六朝笔记小说大观》，上海古籍出版社 1999 年版，第 697~698 页。

家，结局却不相同："二人思归，潜去归路。二女追还已知，乃谓曰：'自可去。'乃以一腕囊与根等，语曰：'慎勿开也。'于是乃归。后出行，家人开视其囊。囊如莲花，一重去，一重复，至五盖，中有小青鸟，飞去。根还知此，怅然而已。后根于田中耕，家依常饷之，见在田中不动，就视，但有壳如蝉蜕也。"①袁相、根硕还家前后并不存在较大的时间差，二女与二人诀别以物相赠，且发出告诫，家人擅自视囊，致使根硕元神如青鸟飞逝，形体如蝉蜕的消亡模式颇具道教色彩。

概括而言，不论是避世的桃源，还是遇仙的洞窟，抑或是与女性遇合的山林，都是基于现实生活的乐土想象。误入山林洞窟的困境一定程度上可视为乱世处境的隐喻，洞穴中的奇遇是得到出路与解脱的理想化的精神寄托。

二、物不可外携：神秘的场域

山林胜境中的果木，处于其中可尽情享用，但不可外带，否则会受到相应的惩罚。物品仅存山林，不可追随误入者的足迹，以示外人，显示出该场域的神秘，激起误入者及听闻者的敬畏之心。

> 南康郡南东望山，有三人入山，见山顶有果树，众果毕植，行列整齐，如人行。甘子正熟，三人共食，致饱，乃怀二枚，欲出示人。闻空中语云："催放双甘，乃听汝去。"②(《搜神记》卷17)
>
> 南康南野有东望山，营民三人上山顶，有湖清深，又有果林，周四里许，众果毕植，间无杂木，行列整齐，如人功也。甘子正熟，三人共食，致饱讫，怀二枚，欲以示外人，便还。寻觅向径，回旋半日，迷不能得，即闻空中语云：速放双甘，乃听汝去。怀甘者恐怖，

① （晋）陶潜：《搜神后记》卷1，王根林、黄益元、曹光甫校点：《汉魏六朝笔记小说大观》，上海古籍出版社1999年版，第443页。

② （晋）干宝：《搜神记》卷17，王根林、黄益元、曹光甫校点：《汉魏六朝笔记小说大观》，上海古籍出版社1999年版，第413页。

放甘于地，转眄即见归径，乃相与俱却返。① (《述异记》)

《搜神记》《述异记》所录三人入东望山欲携甘子出山林故事，内容相差无几，相较之下，后者情节更为丰富。怀果示人不过是为了显耀非凡经历与见闻，然此境物品不可流传俗世，三人欲还而不得归路，便是对将物品带出的直接惩罚。"空中语"来自何人并未交代，如上帝视角，观看三人行迹，只闻其声而不见其人的细节设置显示声音来源者的权威，足以扰乱闯入者的步伐或是心绪，使其慌乱恐惧，最终服从于异度空间之规则，即将物品归还。相对而言，《述异记》的载录更符合小说化的描写。

可稍作补充的是，《异苑》中该故事作了细微的改动："南康归美山石城内，有甘橘橙柚。就食其实，任意取足。脱持归者，便遇大蛇，或颠仆失径。家人啖之辄病。"②私持甘橘橙柚而归，受到的惩罚并非迷路，而是凶险大蛇的恐吓。凶兽一定程度上成为果实的守护者，其警告宣示了果实的拥有权。倘或侥幸带出，外人食之也会罹患疾病，惩戒可谓严苛。

物不可外携的情节也保留在后世同类故事之中，作为山林洞穴叙事之母题得以流传，如唐段成式《酉阳杂俎》所载史论与僧人灵境寻桃：

史论在齐州时，出猎，至一县界，憩兰若中，觉桃香异常，访其僧。僧不及隐，言近有人施二桃，因从经案下取出献论，大如饭碗。时饥，尽食之，核大如鸡卵，论因诘其所自……又经西北，涉二小水，上山越涧数里，至一处，奇泉怪石，非人境也。有桃数百株，枝干扫地，高二三尺，其香破鼻。论与僧各食一蒂，腹果然矣。论解衣将尽力苞之，僧曰："此或灵境，不可多取。贫道尝听长老说，昔日有人亦尝至此，怀五六枚，迷不得出。"论亦疑僧非常，取两个而返。

① (南朝)任昉：《述异记》，鲁迅：《古小说钩沉》，齐鲁书社 1997 年版，第 99～100 页。

② (南朝)刘敬叔：《异苑》卷 2，王根林、黄益元、曹光甫校点：《汉魏六朝笔记小说大观》，上海古籍出版社 1999 年版，第 605 页。

僧切戒论不得言。论至州，使招僧，僧已逝矣。① (《酉阳杂俎》卷 2)

该文本中，携果实而出异境不再是绝对的禁忌。史论入兰若，闻桃香得僧赠果，桃子奇大且味美，不同于世俗所见。僧人起初未直言桃实来历，后方引史论前寻。二人翻山越岭，饱食桃林，史论欲多携桃食，僧人诫之，只得取二枚而返。僧人及史论可将桃带出灵境的原因是遵循其“不可多取”且不可泄露机密的规则。胜境之果即使流入俗世，得见者不过数人。

值得注意的是，在武帝故事如《汉武帝别国洞冥记》《汉武帝内传》《汉武故事》中，“桃”为西王母所赐，生长周期极长，因此在道教小说中，“桃”被视作仙物，食桃往往可致长生。据《汉武帝内传》所载，武帝贪图桃之甘美，欲留核种植，为王母所阻。“(王母)又命侍女索桃，须臾，以鎜盛桃七枚，大如鸭子，形圆，色青，以呈王母。母以四枚与帝，自食三桃。桃之甘美，口有盈味。帝食辄录核。母曰：‘何谓?’帝曰：‘欲种之耳。’母曰：‘此桃三千岁一生实耳，中夏地薄，种之不生如何!’帝乃止。”②在西王母面前，大汉帝国的君主显得少见多怪，中土地薄不可移植，种种渲染，都在言说异境果物的独有与神秘。反之，因其不可得，越发引起听闻者的好奇之心。《酉阳杂俎》将“桃”与僧人寺院相联，扩大了“桃”意象的出现范围，也折射出佛教对文人小说潜移默化的影响。僧人虽食桃犹逝去，“桃”不再是可得长生的仙物。

三、境不可复至：缥缈的审美

山林洞窟类故事的另一个典型特征是路不可复寻，境不可复至。进入异度空间为一次性的经历，有别于日常生活的重复。尽管误入者竭力标识，后寻者也只能无功而返。近乎徒劳地寻觅，模糊了误入者的真实体

① (唐)段成式：《酉阳杂俎》卷 2，丁如明等校点：《唐五代笔记小说大观》，上海古籍出版社 2000 年版，第 574~575 页。

② 《汉武帝内传》，王根林、黄益元、曹光甫校点：《汉魏六朝笔记小说大观》，上海古籍出版社 1999 年版，第 142 页。

验，可望而不可即的遗憾形成的缥缈审美，反映出抒情传统对叙事文学的渗透。

> (渔人)停数日，辞去。此中人语云："不足为外人道也。"既出，得其船，便扶向路，处处志之。及郡下，诣太守说如此。太守即遣人随其往，寻向所志，遂迷不复得路。南阳刘子骥，高尚士也。闻之，欣然规往，未果，寻病终。后遂无问津者。① (《桃花源记》)
>
> 南阳刘璘之，字子骥，好游山水。尝采药至衡山，深入忘反。见有一涧水，水南有二石囷，一闭一开。水深广，不得渡。欲还，失道，遇伐弓人，问径，仅得还家。或说囷中皆仙方灵药及诸杂物。璘之欲更寻索，不复知处矣。② (《搜神后记》卷1)
>
> 宋元嘉九年，有樵人逐麈，所趋险绝，进入石穴，行数十步，豁然平博，问是何所？人答云："小成都"。后更为求之，不知所在。③ (《周地图记》)
>
> 元嘉初，武溪蛮人射鹿，逐入石穴，才容人，蛮人入穴，见其旁有梯，因上梯，豁然开朗，桑果蔚然，行人翱翔，亦不以怪。此蛮于路斫树为记，其后茫然，无复仿佛。④ (《异苑》卷1)

上述材料中，渔人辞别，桃源人"不足为外人道"的嘱托已经预示了桃花源的不可再寻。武陵人无视告诫，返程标志，失败便是必然的走向。误入空间的偶然，毫不费力的随意与细致寻觅的刻意形成鲜明对比。相对于武陵渔者的"遇隐"，《周地图记》《异苑》中樵人、蛮人的见闻较为简略，但也符合乐土空间的想象。《搜神后记》所载刘璘之的经历更像是一场冒险，刘

① 袁行霈：《陶渊明集笺注》，中华书局2022年版，第469~470页。

② 王根林、黄益元、曹光甫校点：《汉魏六朝笔记小说大观》，上海古籍出版社1999年版，第444页。

③ (宋)李昉等：《太平御览》，河北教育出版社1994年版，第576页。

④ 王根林、黄益元、曹光甫校点：《汉魏六朝笔记小说大观》，上海古籍出版社1999年版，第600页。

氏仓皇还家，不及标记，事后意欲返回则是为了寻得仙方妙药。实际上，误入者复寻胜境，并非出于留恋。面对山林洞窟之异境，误入者的态度往往是回归现实，① 也即误入者对当下处境有着较为清醒的认知，虽然洞中别有天地，却不过如同幻境。从身份的角度而言，误入异境者多为底层民众，出乎意料的经历远非现实所能比拟，寻找此前未曾涉足的异度空间一定程度上是为了满足个体的猎奇心理。

“蒹葭苍苍，白露为霜。所谓伊人，在水一方。溯洄从之，道阻且长，溯游从之，宛在水中央。”②自《诗经·秦风·蒹葭》形成的难以追寻的遗憾美成为中国古典文学的一种审美范式。笔记小说中的误入者沿路求索，异境却不可二次抵达，虚实相生、道路荒迷的茫然与缥缈，营造出言有尽而意无穷的兴味。

综上所述，山林洞窟这一误入的空间，寄托着身处乱世的乐土想象。短暂的白日梦告终，误入者回归现实。物品不可外携，烘托出异境的神秘，引发阅读者的向往与敬畏。境不复寻见，使得此类小说具有朦胧的审美，也可见抒情传统对叙事文体之渗透。进一步而言，山穴相通，别有洞天的地理认知是洞窟叙事产生的基础。“吴国西有具区泽，中有包山，山有洞庭宝室。入地下潜行，通琅琊东武。”“蜀郡有青城山，有洞穴，潜行，分道为三，道各通一处，西北通昆仑。”③东吴山泽可北通琅琊，西蜀青城山池可西北通至昆仑，地表之上相隔千里，为天然或人工屏障阻断，地表之下却四通八达，组成畅行的洞穴通道。此类认知地形的方式或与南方喀

① 除上文论及的刘阮故事，(南朝)刘义庆《幽明录》中遇仙观棋者在停留与离开之间，亦是选择后者：“嵩高山北有大穴，晋时有人误堕穴中，见二人围棋。下有一杯白饮，与堕者饮，气力十倍。棋者曰：‘汝欲停此否?’堕者曰：‘不愿停。’棋者曰：‘从此西行有大井，其中有蛟龙，但投身入井，自当出。若饿，取井中物食之。’堕者如言，可半年，乃出蜀中。归洛下，问张华。华曰：‘此仙馆。夫所饮者玉浆，所食者龙穴石髓。’”(王根林、黄益元、曹光甫校点：《汉魏六朝笔记小说大观》，上海古籍出版社 1999 年版，第 702~703 页)

② 程俊英、蒋见元：《诗经注析》，中华书局 1991 年版，第 346 页。

③ (晋)郭璞：《玄中记》，鲁迅：《古小说钩沉》，齐鲁书社 1997 年版，第 234 页。

斯特地貌有关，在探测工具尚不发达的时期，人迹难至的洞穴潜流蔓延何处不得而知，洞窟水域延展与流动的特性将分散各地的山林崖穴勾连起来，便形成早期较为恢弘的地理观。道教兴起后，关于山林与洞窟的想象又蒙上浓厚的宗教色彩，因此，“通过洞窟志怪生成语境的还原，我们看到洞窟小说的本质是对中古知识与信仰的志怪化书写，通过各种故事和传说建构起对知识与信仰的认同”①。

第二节　水域与天河：远界的遥想

山林洞窟之外，水域与天宿也成为此期笔记小说常见的异度空间。上古河伯传说可谓水域想象的起点，代传讯息是人与水中世界建立关联的契机。对水的恐惧与崇拜形成了献祭的习俗，贵重物品及女性则往往成为祭品，与之形成对比的是河神形象并不可畏，而是具有鲜明的人情味。“八月浮槎”将视线投向天河，远界遥想的空间越发广阔无垠。

一、河伯传说：水域想象的起点

据《神异经·西荒经》，河伯本住海上，主管降雨，“西海水上有人，乘白马朱鬣，白衣玄冠，从十二童子，驰马西海水上，如飞如风，名曰河伯使者。或时上岸，马迹所及，水至其处。所之之国，雨水滂沱，暮则还河”②。此期笔记小说极少涉及海洋书写，河伯由溺亡之人所化，并成为内陆湖河水神的代称。

> 宋时，弘农冯夷，华阴潼乡堤首人也。以八月上庚日渡河溺死，天帝署为河伯。又《五行书》曰：“河伯以庚辰日死，不可治船远行，

① 王昕：《汉唐洞窟志怪的文化史研究——以文学性的生发为线索》，《清华大学学报》（哲学社会科学版）2019年第2期，第59页。

② （汉）东方朔：《神异记》，王根林、黄益元、曹光甫校点：《汉魏六朝笔记小说大观》，上海古籍出版社1999年版，第55页。

溺没不返。"①(《搜神记》卷4)

秦时中宿县十里外有观亭江神祠坛，甚灵异。经过有不恪者，必狂走入山，变为虎。晋中朝有质子将归洛，反路见一行旅，寄其书云："吾家在观亭，亭庙前石间有悬藤即是也。君至但扣藤，自有应者。"及归，如言。果有二人从水中出，取书而没。寻还云："河伯欲见君。"此人亦不觉随去，便睹屋宇精丽，饮食鲜香，言语接对，无异世间。今俗咸言观亭有江伯神也。②（《异苑》卷5）

弘农冯夷溺水而亡，天帝命为河伯，其溺亡之日也成为治船远行的忌讳日期。根据时间或可判断，八月华阴地区河水暴涨迅疾，行船事故频发，这一自然现象催生了冯夷溺亡化作河伯的传说，并借此劝诫船只不可贸然前行。《异苑》通过入水之人的见闻勾勒出水府概貌，"屋宇精丽，饮食鲜香，言语接对，无异世间"，很显然，水下世界的描绘是以现实社会为蓝本，建筑饮食、人物言语均与世间相类。其中，悬藤类植物成为水界与陆地互通的媒介。人可入水见河伯，且不存在身体的不适，亦不受时间的限制，显示出此类文本的虚构特质。

二、讯息传递：人神相遇的契机

《搜神记》卷4记载多则山君水神故事，可见作者有意将故事分类编排。山水之神互相联姻，形成一定的关系网，丰富了民间传说和神话系统。水神山君虽互通往来，日常却各司其职，见面机会极少，人的远游与足迹的流动使其充当使者，为二者传递消息成为可能。其中，人与水神沟通的方式也很独特，扣树则有使者出，追随使者暂瞑得入，不可具知其所处，显示出水域的深广和神秘。

---

① 王根林、黄益元、曹光甫校点：《汉魏六朝笔记小说大观》，上海古籍出版社1999年版，第305页。

② 王根林、黄益元、曹光甫校点：《汉魏六朝笔记小说大观》，上海古籍出版社1999年版，第634页。

> 胡母班，字季友，泰山人也。曾至泰山之侧，忽于树间逢一绛衣驺，呼班云："泰山府君召。"班惊愕，逡巡未答。复有一驺出呼之，遂随行。数十步，驺请班暂瞑。少顷，便见宫室，威仪甚严，班乃入阁拜谒。主为设食，语班曰："欲见君无他，欲附书与女婿耳。"班问："女郎何在?"曰："女为河伯妇。"班曰："辄当奉书，不知缘何得达?"答曰："今适河中流，便扣舟呼青衣，当自有取书者。"班乃辞出。昔驺复令闭目，有顷，忽如故道。
>
> 遂西行，如神言而呼青衣。须臾，果有一女仆出，取书而没。少顷复出，云："河伯欲暂见君。"婢亦请瞑目。遂拜谒河伯。河伯乃大设酒食，词旨殷勤。临去，谓班曰："感君远为致书，无物相奉。"于是命左右："取吾青丝履来。"以贻班。班出，瞑然忽得还舟。①（《搜神记》卷4）

胡母班受泰山君之托，为其传书河伯。两边使者带路，胡母班瞑目追随，不辨方位，不知山府水宫的距离。"有顷，忽如故道"，"班出，瞑然忽得还舟"，仿佛是瞬间往返，空间上的转移与切换一定程度上推进了叙事的速度。胡母班为泰山君传书，看似是被动的召之即至，山君水神却都以礼相待，且赐物是河伯答谢胡母班的方式，可见，水中世界与世间人情并无二致。

唐李朝威《洞庭灵姻传》②延续行人为水府传递讯息之情节，唐传奇"有意为小说"，文本内容及人物形象更为丰富多元。该故事中，柳毅闻龙女遭遇，感于义气，跋涉至洞庭，为龙女传递信息。龙女嫁于泾川次子，

---

① 王根林、黄益元、曹光甫校点：《汉魏六朝笔记小说大观》，上海古籍出版社1999年版，第303~304页。

② （唐）李朝威：《洞庭灵姻传》，李剑国辑校：《唐五代传奇集》，中华书局2015年版，第649~675页。

婚后受辱而不得自由还家，其父洞庭君听闻消息并未即时施救，折射出女性的婚姻处境。钱塘君义愤填膺，雷厉风行，向泾川君发起挑战，仅柳毅滞留龙宫的短暂时间，便将龙女带回。水府对柳毅答以谢礼，数年后龙女又隐瞒身份主动报恩。由传递讯息到柳毅与龙女了解后的品德欣赏和情感契合，人神相遇类故事并未随着信息送达而终止，且笔触渐渐转向人与龙女的联姻。

人与水府的联姻并非始自《洞庭灵姻传》，实际上，《搜神记》卷4即记载人与河伯之女的婚姻。

> 吴余杭县南有上湖，湖中央作塘。有一人乘马看戏，将三四人至岑村饮酒，小醉，暮还。时炎热，因下马入水中，枕石眠。马断走归，从人悉追马，至暮不返。
>
> 眠觉，日已向晡，不见人马。见一妇来，年可十六七，云："女郎再拜。日既向暮，此间大可畏。君作何计？"因问："女郎何姓？那得忽相闻？"复有一少年，年十三四，甚了了，乘新车。车后二十人，至，呼上车，云："大人暂欲相见。"因回车而去。道中绎络把火，见城郭邑居。
>
> 既入城，进厅事上，有信幡，题云"河伯信"。俄见一人，年三十许，颜色如画，侍卫繁多。相对欣然，敕行酒炙，云："仆有小女，颇聪明，欲以给君箕帚。"此人知神，不敢拒逆。便敕备办，会就郎中婚。承白已办，遂以丝布单衣及纱袷、绢裙、纱衫裈、履屐，皆精好。又给十小吏，青衣数十人。妇年可十八九，姿容婉媚。便成。三日，经大会客拜阁。四日，云："礼既有限，发遣去。"妇以金瓯、麝香囊与婿别，涕泣而分。又与钱十万，药方三卷，云："可以施功布德。"复云："十年当相迎。"
>
> 此人归家，遂不肯别婚，辞亲出家作道人。所得三卷方，一卷《脉经》，一卷《汤方》，一卷《丸方》。周行救疗，皆致神验。后母老

兄丧，因还婚宦。①（《搜神记》卷4）

人与河伯之女完成婚姻仪式，不再是短暂的人神遇合。虽然婚后阔别，双方均默认婚姻存续且遵守十年相会的约定。因此，这段联姻并未对人物孝敬父母和实现个体价值造成阻力，相反为后者提供有利条件。人物不曾挣扎于人世伦理与水府滞留的矛盾之间，而是在时间上先后错开，完成"水府成婚—返家行医—人伦尽孝—归还水府"等一系列人生经历。前节刘阮入天台故事，二女及友人已承认刘阮的夫婿身份，但缺少成婚仪式，刘阮全然不受约束，坚持返家。该故事中，此人接受河伯赐婚不乏摄于其威的成分，但"不肯别婚""出家作道人"的举动无疑是在践行忠于婚姻的义务。因此，相较于一般的神人遇合类题材，此人与河伯之女的结合，并非停留在身体和会、满足片刻情欲的层次，而是上升至带有契约精神的婚姻形式之高度。这也为后世小说，人与神、人与动植物精怪等消除物类差别，缔结神圣婚姻之情节奠定了基础。

三、水神崇拜：女性与献祭

山水皆蕴神祇，是民间普遍存在的自然信仰。水府奇遇多发生在南方，与其山林密布、水脉繁多的地理环境密切相关。对水域的崇拜源于恐惧，水域不可估测的危险非人类所能克服，以献祭的方式取悦水神以获安宁，便成为常见的叙事模式。

庐陵欧明，从贾客道经彭泽湖，每以舟中所有多少投湖中，云以为礼。积数年。后复过，忽见湖中有大道，上多风尘。有数吏，乘车马来候明，云是青洪君使要。须臾达，见有府舍，门下吏卒。明甚怖。曰："无可怖。青洪君感君前后有礼，故要君。必有重遗君者。

① 王根林、黄益元、曹光甫校点：《汉魏六朝笔记小说大观》，上海古籍出版社1999年版，第305~306页。

> 君勿取，独求如愿耳。”明既见青洪君，乃求如愿。使逐明去。如愿者，青洪君婢也。明将归，所愿辄得，数年，大富。①（《搜神记》卷 4）

笔记小说中，贾客官员是水路往返的主要人群。水中航行，艰难甚多，所遇风浪与危险也被拟人化为颇具威严感的水神。“中宿县十里外有观亭江神祠坛，甚灵异。经过有不恪者，必狂走入山，变为虎。”②但从人与水神的互动来看，水神外貌及性情并不可畏，而是和蔼可亲，且通乎人性。上文庐陵欧明以舟中财物献青洪君，青洪君礼尚往来，赐其婢女如愿，欧明大富，二者形成互惠关系。湖中现大道，使者乘车马而迎，相较于前文所引扣藤扣舟尔后随使者暂瞑以入水府更能显示出水宫的礼节。

舟行途中对水神的献祭，除了贵重的物品，还包括女性。据笔记小说所载，对水神的献祭是即时性的，并无节日的祭拜与供奉，多是行驶水中直接将物品抛却水域，或可理解为遇到困境减轻船体重量的一种方式。至于将女性献祭水神以求安然通过水域，则意味着仪式般的牺牲。

> 张璞，字公直，不知何许人也。为吴郡太守，征还，道由庐山。子女观于祠室，婢使指像人以戏曰：“以此配汝。”其夜，璞妻梦庐君致聘曰：“鄙男不肖，感垂采择，用致微意。”妻觉，怪之。婢言其情，于是妻惧，催璞速发。
>
> 中流，舟不为行，阖船震恐。乃皆投物于水，船犹不行。或曰：“投女则船为进。”皆曰：“神意已可知也，以一女而灭一门，奈何？”璞曰：“吾不忍见之。”乃上飞庐卧，使妻沉女于水。妻因以璞亡兄孤女代之，置席水中，女坐其上，船乃得去。璞见女之在也，怒曰：“吾何面目于当世也！”乃复投己女。

① 王根林、黄益元、曹光甫校点：《汉魏六朝笔记小说大观》，上海古籍出版社 1999 年版，第 307～208 页。

② （南朝）刘敬叔：《异苑》卷 5，王根林、黄益元、曹光甫校点：《汉魏六朝笔记小说大观》，上海古籍出版社 1999 年版，第 634 页。

> 及得渡，遥见二女在下。有吏立于岸侧，曰：“吾，庐君主簿也。庐君谢君，知鬼神非匹，又敬君之义，故悉还二女。”后问女，言：“但见好屋吏卒，不觉在水中也。”①(《搜神记》卷4)

该故事中，张璞以女献庐君，虽因婢女戏言而起，但舟不行而投女，且以席置水中，女坐其上随水下沉的方式，显示其为由来已久的仪式。由此不难推测，民间想象的水府世界，最高统治者亦为男性，女性一定程度上充当了“类物品”的功用。以女投水的痛苦，张璞不敢面对，其妻不堪忍受，遂以亡兄之女替代，璞知复投己女，庐君感其仁义，俱还二女。文中庐君自言“知鬼神非匹”，将二女出水复还，以为水神与人类不相匹配的观点，彰显出人性的自觉，实现了将民间信仰之神拉向与人类同等地位甚或低于人之精神的转变。这也在一定程度上解释了水神多为正面形象，具有人情味的缘由。到了唐代，传奇中的龙君更富于人的脾性，与人类的相互欣赏，实则是以“人”的形象进行平等的交流，就情节编排而言，仅仅是将故事发生的场域由世间转移到水下。

四、八月浮槎：意识的远游

四方上下、古往今来合成宇宙，关于宇宙的探索可谓贯穿人类的认知与生活。浩瀚的星河与渺远的海域在形态上具有一定的相似，《博物志》所载“八月浮槎”故事，近海人赍粮乘槎，穿过星辰，抵达牵牛星，将想象的空间投向遥远的星河，带有扑朔迷离的色彩。

> 旧说云天河与海通。近世有人居海渚者，年年八月有浮槎去来，不失期，人有奇志，立飞阁于查上，多赍粮，乘槎而去。十余日中，犹观星月日辰，自后茫茫忽忽，亦不觉昼夜。去十余日，奄至一处，

① 王根林、黄益元、曹光甫校点：《汉魏六朝笔记小说大观》，上海古籍出版社1999年版，第306页。

有城郭状，屋舍甚严。遥望宫中多织妇，见一丈夫牵牛渚次饮之。牵牛人乃惊问曰："何由至此？"此人具说来意，并问此是何处，答曰："君还至蜀郡访严君平则知之。"竟不上岸，因还如期。后至蜀，问君平，曰："某年月日有客星犯牵牛宿。"计年月，正是此人到天河时也。① （《博物志》卷10）

天河与海相通的传说是人可到达天河的想象起点，海天一线，大海漫无边际与天相接，则是引发联想的自然条件。关于牵牛星的想象，尚有流传甚广的牵牛织女神话，将星座具象为人物，并根据其运行规律建构凄美的爱情，是想象浪漫化的方式。如果说"卧看牵牛织女星"还只是遥望星宿，编织民间故事，"八月浮槎"则是直接登上牵牛星，与宿主会晤。人类的足迹不再只是停留在目之可及的生活空间，而是可以孤身跨越异常遥远的距离，顺应潮汐规律，由海而入天河。自屈原《天问》起，关于星宿的文学书写便成为常见的母题，在地理博物类小说中，这一母题得到进一步的丰富。对以儒家精神为主的农耕民族而言，"八月浮槎"的文本承载着远界的遥想，将浪漫的审美融入意识的远游，并同"夸父逐日"神话相类，洋溢着探索未知的民族勇力与坚定意志。

第三节　冢墓与地狱：他界的想象

生命体衰老直至死亡是客观的自然规律。对死亡的重视及亡后归宿的探索是"重生"主题的延续，即死亡不过是区隔生存空间的时间界点，并非生命的终止，而是更换形态存在于他界空间。随着佛典的翻译，关于地狱的描绘逐渐流传，由此催生出冢中天地的书写和游历地狱以规劝因果类故事。

① 王根林、黄益元、曹光甫校点：《汉魏六朝笔记小说大观》，上海古籍出版社1999年版，第225页。

一、冢变房屋：生者入冢的方式

《搜神记》《搜神后记》《幽明录》等小说中记载多则生人入墓冢故事。人物多因特殊天气或是行路失道，无处安宿，遂转入冢墓。阴宅化作房屋消除了行人的忧惧，冢中天地的见闻，从侧重鬼魅形象转而书写人鬼遇合，情节越发丰富。

> 吴时，陈仙以商贾为事，驱驴行。忽过一空宅，广厦朱门，都不见人，仙牵驴入宿。至夜，闻有语声："小人无畏，敢见行灾？"便有一人径到仙前，叱之曰："汝敢辄入官舍！"时笼月暧昧，见其面上黶深，目无瞳子，唇褰齿露，手执黄丝。仙即奔走后村，具说事状。父老云："旧有恶鬼。"明日，看所见屋宅处，并高坟深燧。①（《幽明录》）

关于鬼的形象，可怖者如引文"面上黶深，目无瞳子，唇褰齿露"，骇人者"吐舌擘目"②，巨大者如《杂鬼神志怪》"会稽郡常有大鬼，长数丈，腰大数十围"③。此类多为恶鬼，对闯入者并无善意，小说仅描画其外貌特征，不同寻常的五官与体格，带来惊险的体验，实为"志怪"。

随着入冢类故事的进一步发展，鬼魅褪去可怖之外表，更具人之情态。墓冢借宿以"灯火"意象传递出环境的亲切宁和，并由此书写人世之悲欢离合：

> 谢邈之为吴兴郡，帐下给使邹览，乘樵船在部伍后。至平望亭，夜雨……顾见塘下有人家灯火，便往投之。至，有一茅屋，中有一男

① 王根林、黄益元、曹光甫校点：《汉魏六朝笔记小说大观》，上海古籍出版社1999年版，第701页。

② （晋）干宝：《搜神记》卷16，王根林、黄益元、曹光甫校点：《汉魏六朝笔记小说大观》，上海古籍出版社1999年版，第401页。

③ 《杂鬼神志怪》，鲁迅：《古小说钩沉》，齐鲁书社1997年版，第263页。

> 子，年可五十，夜织薄。别床有小儿，年十岁。览求寄宿，此人欣然相许。小儿啼泣歔欷，此人喻止之，不住啼，遂至晓。览问何意。曰："是仆儿。其母当嫁，悲恋故啼耳。"将晓，览去，顾视不见向屋，唯有两冢，草莽湛深。① （《录异传》）

此则故事中，邹览所遇鬼之父子与人并无二异。小儿虽与母亲阴阳两隔，但时刻关注母亲处境，得知母要转嫁，内心悲戚，终夜啜泣，父亲以情理喻之，不能使其止。后邹览返程遇其母，母闻邹览言，遂不改嫁。邹览先遇鬼，后逢鬼之亲人，代为传达死生者的血亲牵绊，由此引出的其实是人世间的复杂感情。此期笔记小说，志怪或是志人都不乏母子、夫妻、兄弟、友人等情感书写，"重情"可谓魏晋六朝文学的重要特征。

人鬼遇合类文本预示着人冢类故事趋向成熟，男子与女鬼遇合的性别设置则是此类叙事的基本模式。《搜神记》卷16《驸马都尉》《崔少府墓》，《搜神后记》卷5《临贺太守》，卷6《陈阿登》《张姑子》，《异苑》卷6《秦树冥缘》等均是人鬼遇合类故事的代表作品。

> 沛郡人秦树者，家在曲阿小辛村。尝自京归，未至二十里许，天暗失道。遥望火光，往投之宿。见一女子秉烛出云："女弱独居，不得宿客。"树曰："欲进路，碍夜，不可前去。"乞寄外住。女然之……树设食，食物悉是陈久。树曰："卿未出适，我亦未婚。欲结大义，能相顾否？"女笑曰："自顾鄙薄，岂足伉俪？"遂与寝止。向晨，树去。乃俱起执别，女泣曰："与君一睹，后面无期。"以指环一双赠之，结置衣带，相送出门。树低头急去数十步，顾其宿处，乃是冢墓。居数日，亡。其指环结带如故。② （《异苑》卷6）

---

① 《录异传》，鲁迅：《古小说钩沉》，齐鲁书社1997年版，第256页。

② 王根林、黄益元、曹光甫校点：《汉魏六朝笔记小说大观》，上海古籍出版社1999年版，第649页。

人鬼遇合，男性为主动的一方，折射出两性关系的常态。女性泣别，更重视情感的流露。女之顺从，体现出自然朴素的性爱观。以物品印证所遇真实，且走出墓冢，物品犹存，在此类故事中较为常见。《搜神后记》卷 6《张姑子》，吴详与张姑子互赠手巾，详出冢墓，原路折返，欲寻女处，仅有一冢，并未交代物品是否消失。

可稍作补充的是，人鬼遇合类故事有一个值得注意的现象，即人入冢中与鬼遇，则鬼多具人情，温柔可爱，此类情节可视为艳遇，人鬼分离时的依恋与惜别具有一定的感染力。而鬼入人室与之相合，则往往以鬼为人所驱所伤结尾：

> 钟繇忽不复朝会，意性有异于常。寮友问其故，云："常有妇人来，美丽非凡。"问者曰："必是鬼物，可杀之。"后来，止户外曰："何以有相杀意?"元常曰："无此。"殷勤呼入，意亦有不忍，乃微伤之。便出去，以新绵拭血，竟路。明日，使人寻迹，至一大冢，棺中一妇人形体如生，白练衫，丹绣裲裆，伤一髀，以裲裆中绵拭血。自此便绝。①（《幽明录》）

鬼可变幻美色，前往男子家中，与之交接，类似的文本尚有《搜神记·汉谈生》《搜神后记·李仲文女》等。相较于冢中短暂合会，人鬼之间长期往来，已建立情感，甚至如夫妻般共同生活，诞下孩童。鬼魅与人期会，或非为害人，但可使人"意性有异于常"，显然扰乱了正常的生活秩序。对鬼的驱逐，显示出民间对"不洁"之物的嫌厌与抵触。《聊斋志异》中此类故事更为多见，主题却已经发生一定程度的转移。

二、冢中人复活：情之动人与前代故事之口述

《博物志》《西京杂记》《搜神记》载录多则死而复生故事，如《王道平》

---

① 王根林、黄益元、曹光甫校点：《汉魏六朝笔记小说大观》，上海古籍出版社 1999 年版，第 700 页。

《河间郡男女》《贾文舍》《紫玉》《颜畿》等。此类故事多关涉男女情感，也有部分文本写冢中人复活后成为前代故事的口述者。

首先是冢中人为情而亡，又因情复活，即人物忠于爱情却因不可抗拒的因素被迫改志，抑郁而终，后为情所唤，得以死而复生。该叙事模式或可视为此期青年男女婚恋生活之写照。根据马斯洛需求层次理论，情感需求是人类的基本需求之一，一旦受挫会带来身心疾苦，死而复生的情节一定程度上寄托着跨越生死、有情人终成眷属的美好愿望。

> 秦始皇时有王道平，长安人也。少时，与同村人唐叔偕女，小名父喻，容色俱美，誓为夫妇。寻王道平被差征伐，落堕南国，九年不归。父母见女长成，即聘与刘祥为妻。女与道平言誓甚重，不肯改事。父母逼迫不免，出嫁刘祥。经三年，忽忽不乐，常思道平，忿怨之深，悒悒而死。
>
> 死经三年，平还家，乃诘邻人："此女安在?"邻人云："此女意在于君，被父母凌逼，嫁与刘祥。今已死矣。"平问："墓在何处?"邻人引往墓所。平悲号哽咽，三呼女名，绕墓悲苦，不能自止。平乃祝曰："我与汝立誓天地，保其终身。岂料官有牵缠，致令乖隔，使汝父母与刘祥。既不契于初心，生死永诀。然汝有灵圣，使我见汝生平之面；若无神灵，从兹而别。"言讫，又复哀泣。
>
> 逡巡，其女魂自墓出，问平："何处而来？良久契阔。与君誓为夫妇，以结终身。父母强逼，乃出聘刘祥，已经三年。日夕忆君，结恨致死，乖隔幽途。然念君宿念不忘，再求相慰，妾身未损，可以再生，还为夫妇。且速开冢破棺，出我即活。"平审言，乃启墓门，扪看其女，果活，乃结束随平还家。
>
> 其夫刘祥闻之惊怪，申诉于州县。检律断之，无条，乃录状奏王。王断归道平为妻。寿一百三十岁。实谓精诚贯于天地，而获感应如此。① (《搜神记》卷15)

① 王根林、黄益元、曹光甫校点：《汉魏六朝笔记小说大观》，上海古籍出版社1999年版，第388~389页。

概括而言，此类故事一般包括以下情节：

1. 青年男女相恋并结下誓言；

2. 男子从军或远游，数年不归；

3. 女子被迫改嫁，愁闷不乐，患病身亡；

4. 男子还家，得知变故，至女子墓前诉怀；

5. 女子复生，二人共结连理。

自由恋爱受到家庭阻碍，在此期诗文如《孔雀东南飞》《古诗十九首》中也有体现。对青年男女而言，恋爱是生命力和自由意志的彰显，外在的阻力使其陷入人伦孝亲与个体情感诉求的矛盾之中。面临这一困境，女性往往直接或间接结束生命，并且在死亡之前，经受极度的心理苦痛。亡后三年因情重生，显然带有理想化的痕迹，死而复生的情节化解了悲剧结局的冲击力，也开启了情可使生者为之死，死者为之生的情节设置，对后世通俗文学影响深远。

其次是冢中人复活且成为前代故事的口述者，此类叙事人物身份多是宫人或家奴，生存年代与复活时代相距甚远：

> 汉末关中大乱，有发前汉时冢者，宫人犹活。既出，平复如旧。魏郭后爱念之，录著宫内，常置左右，问汉时宫中事，说之了了，皆有次序。后崩，哭泣过礼，遂死焉。
>
> 汉末发范明友冢，奴犹活。明友，霍光女婿。说光家事废立之际，多与《汉书》相似。此奴常游走于民间，无止住处，今不知所在。或云尚在，余闻之于人，可信而目不可见也。① （《博物志》卷7）

一般而言，出土器物是证前代之实的重要史料，不难发现，上述材料墓冢中的人也起到类似的功用，且具有鲜活的生命。西汉时期的宫人或家奴，

① 王根林、黄益元、曹光甫校点：《汉魏六朝笔记小说大观》，上海古籍出版社1999年版，第215页。

东汉末年遇掘塚人而复活，他们是前代历史的见证者，并为后来者演说前朝掌故。宫中人所言多为后宫逸事，可满足时人的好奇之心。① 明友家奴所言家族废立政事，与《汉书》相近，口述与书面材料相佐证，加深了叙事的可信度。作为传播者的家奴游走于民间，无疑扩大了口传文学的波及范围。冢中人可跨越百年复活，文本的虚构性不言而喻。作者只是听闻，不曾面睹，且人物不知所终，为故事蒙上扑朔迷离的色彩。实际上，杂记体笔记小说《西京杂记》卷 6 记载 7 则掘塚之见闻，皆是作者代为转述掘墓者的经历。由此或可推测掘墓可能是此期较为常见的现象，那么冢中人复活口述前朝故事，便是伴随掘墓行为而衍生的想象文本。

三、达愿或博弈：人鬼之间的沟通

如前所述，笔记小说中的鬼魅外貌及性格多具人之情态。人鬼相遇，除遇合类故事，还存在帮助亡人达成愿望或是人鬼之间权力博弈类叙事。

概括而言，亡人心愿有以下几种：一是迁墓，多为阴湿环境所困或是渴求形体随精神一同还乡，如《搜神记》卷 16《文颖》；二是申冤，人物枉死而施害者未能伏法，亡人以托梦的形式自诉冤情，终得安宁，如《搜神记》卷 16《苏娥》，《异苑》卷 6《打鼓称冤》，此类故事寄托着沉冤得雪的朴素愿望；三是复仇，复仇者多为女性，缘由则是出于对幼子的爱护，限于

① 同时期出宫的人物也是宫廷逸事的重要传播者，并且根据其经历也可察知后宫习俗，参见(汉)刘歆：《西京杂记》卷 3："戚夫人侍儿贾佩兰，后出为扶风人段儒妻，说在宫内时，见戚夫人侍高帝，尝以赵王如意为言，而高祖思之，几半日不言，叹息凄怆，而未知其术，辄使夫人击筑，高祖歌《大风》诗以和之。又说在宫内时，尝以弦管歌舞相欢娱，竞为妖服，以趣良时。十月十五日，共入灵女庙，以豚黍乐神，吹笛击筑，歌《上灵》之曲。既而相与连臂踏地为节，歌《赤凤凰来》。至七月七日，临百子池，作于阗乐。乐毕，以五色缕相羁，谓为相连爱。八月四日，出雕房北户，竹下围棋，胜者终年有福，负者终年疾病，取丝缕，就北辰星求长命乃免。九月九日，佩茱萸，食蓬饵，饮菊华酒，令人长寿。菊华舒时，并采茎叶，杂黍米酿之，至来年九月九日始熟，就饮焉，故谓之菊华酒。正月上辰，出池边盥濯，食蓬饵，以祓妖邪。三月上巳，张乐于流水，如此终岁焉。戚夫人死，侍儿皆复为民妻也。"(王根林、黄益元、曹光甫校点：《汉魏六朝笔记小说大观》，上海古籍出版社 1999 年版，第 97~98 页)

篇幅，兹以《杂鬼神志怪》中张禹助亡妇故事为例加以分析：

> 永嘉中，黄门将张禹曾行经大泽中。天阴晦，忽见一宅门大开，禹遂前至厅事。有一婢出问之，禹曰："行次遇雨，欲寄宿耳。"婢入报之。寻出呼禹前。见一女子，年三十许，坐帐中。有侍婢二人。余人衣服皆灿丽。问禹所欲，禹曰："自有饭，唯须引耳。"女敕取铛与之。因然火作汤，虽闻沸声，探之尚冷。女曰："我亡人也。冢墓之间，无以相共，惭愧而已。"因歔欷告禹曰："我是任城县孙家女，父为中山太守。出适顿丘李氏，有一男一女，男年十一，女年七岁。亡后，幸我旧使婢承贵者。今我儿每被捶楚，不避头面，常痛极心髓。欲杀此婢，然亡人气弱，须有所凭。托君助济此事，当厚报君。"……禹许诺。及明而出，遂语李氏，具以其言告之。李氏惊愕，以语承贵，大惧，遂求救于禹。既而禹见孙氏自外来，侍婢二十余人，悉持刀刺承贵，应手仆地而死。未几，禹复经过泽中，此人遣婢送五十匹杂彩以报禹。① （《杂鬼神志怪》）

亡妇未改其母亲身份，对子女的牵挂与生时相同。儿女遭受捶楚，虽阴阳乖隔，母亲仍能真切感受到"痛极心髓"，因此杀婢护子源于母职激发出的勇力。文本中后母虐待亡父之儿女可能是社会现实的写照，"男女两性关系毕竟是排他性的，而生育功能一旦满足了丈夫'广继嗣'的愿望又确实为妾改变低下的地位提供了可能。因而妻室往往从维护持自己的利益和巩固已有的地位的目的出发，本能地采取'妒忌'的特殊手段"②。婢女成为继母，地位的转变使其与幼子之间的关系及相处模式也发生转变，利益与资源的竞争暴露出人性残忍的一面。李氏虽在家中，却未见子女处境，则是父职的缺失。守护幼子，生父尚不及亡母，是亡妇借助人力为子复仇的直

① 《杂鬼神志怪》，鲁迅：《古小说钩沉》，齐鲁书社 1997 年版，第 259~260 页。
② 罗时进：《中国妇女生活风俗》，陕西人民出版社 1994 年版，第 151 页。

接原因。张禹帮助亡妇达成愿望，也得到相应的回报。

亡鬼对生人的报复也体现在夫妻之间，《异苑》卷6《妒鬼》："吴兴袁乞妻临终，执乞手云：'我死，君再婚否？'乞言：'不忍也。'既而服竟更娶。乞白日见其死妇语之云：'君先结誓，云何负言？'因以刀割其阳道。虽不致死，人性永废。"①丈夫违背誓言，妻亡再娶，遭受欺骗与背叛的妻子则直接发起报复。"以刀割其阳道"的方式可谓残忍，也间接传递出女性执着于情感忠贞的平等诉求。

人鬼间的博弈，往往以人之正气及智慧获胜：

> 顾邵为豫章，崇学校，禁淫祀，风化大行。历毁诸庙，至庐山庙，一郡悉谏，不从。夜，忽闻有排大门声，怪之，忽有一人开阁径前，状若方相，自说是庐山君。邵独对之，要进上床。鬼即入坐。邵善《左传》，鬼遂与邵谈《春秋》，弥夜不能相屈。邵叹其精辩，谓曰："《传》载晋景公所梦大厉者，古今同有是物也？"鬼笑曰："今大则有之，厉则不然。"灯火尽，邵不命取，乃随烧《左传》以续之。鬼频请退，邵辄留之。鬼本欲凌邵，邵神气湛然，不可得乘。鬼反和逊求复庙，言旨恳至。邵笑而不答。鬼发怒而退，顾谓邵曰："今夕不能仇君。三年之内，君必衰矣。当此时相报。"邵曰："何事匆匆？且复留谈论。"鬼乃隐而不见。视门阁悉闭如故。如期，邵果笃疾，恒梦见此鬼来击之，并劝邵复庙。邵曰："邪岂胜正。"终不听。后遂卒。②（《杂鬼神志怪》）

顾邵因禁淫祀，毁诸庙，引发鬼之不满，顾邵与鬼皆博学，二者论议《春秋》《左传》，鬼不能赢，转而请求顾邵恢复祭祀，邵不应，鬼怨之。三年后邵病，鬼复来，以之胁迫邵，邵仍不应，遂亡。顾邵与鬼的博弈非常精

① 王根林、黄益元、曹光甫校点：《汉魏六朝笔记小说大观》，上海古籍出版社1999年版，第650页。

② 《杂鬼神志怪》，鲁迅：《古小说钩沉》，齐鲁书社1997年版，第259页。

彩，鬼试图在气势上压倒顾邵，邵却敢独自应对。学问对决，鬼亦处下风。几番轮战，鬼之态度由强硬转而温和，遭到拒绝后，转怒而退，一些列的情绪变化正与顾邵的凛然正气、持守原则形成对比，二人角逐，高下立判。该故事或受“无神论”影响，反映人不向鬼屈服的姿态。与之相类的，还有《搜神记》中的《宋定伯捉鬼》,① 宋定伯施巧计一步步使鬼处于被动，最终将其捉拿，可见人的智慧远在鬼怪之上。

实际上，人鬼相遇并不常见，笔记小说中，人间与冥界有着明显的边际，且须遵循两类空间互不干涉彼此秩序的原则。“古今相传，夜以火照水底，悉见鬼神。温峤平苏峻之难，及于湓口，乃试照焉。果见官寺赫奕，人从甚盛。又见群小儿两两为偶，乘轺车，驾以黄羊，睢盱可恶。温即梦见神怒曰：‘当令君知之。’乃得病也。”②温峤窥见了水下世界,③ 破坏了人间与冥界的规则，引来彼岸的愤怒，并因此受到惩罚。

四、死而复生：亲历者的地狱见闻

此类故事为宣教所设，在《幽明录》《宣验记》《冥详记》等“释氏辅教小说”中多有呈现。一般认为，笔记小说中的地狱描绘源自佛典翻译。佛经中的地狱书写较典型的有难陀游历地狱，目连入地狱救母等，或劝诫僧伽修行，或宣扬因果业报理念，笔记小说基本承继这一宗教思想。

赵泰，字文和，清河贝邱人。公府辟不就，精进典籍，乡党称名。年三十五，宋太始五年七月十三日夜半，忽心痛而死，心上微

① （晋）干宝：《搜神记》卷16，王根林、黄益元、曹光甫校点：《汉魏六朝笔记小说大观》，上海古籍出版社1999年版，第402页。

② 《杂鬼神志怪》，鲁迅：《古小说钩沉》，齐鲁书社1997年版，第259页。

③ 水中有鬼界，《搜神后记》中亦有载录。（晋）陶潜：《搜神后记》卷6：“庐江筝笛浦，浦有大舶，覆在水中，云是曹公舶船。尝有渔人夜宿其旁，以船系之，但闻筝笛弦节之声及香气氤氲。渔人又梦人驱遣云：‘勿近官船。’此人惊觉，即移船去。相传云曹公载数妓船覆于此，今犹存焉。”（王根林、黄益元、曹光甫校点：《汉魏六朝笔记小说大观》，上海古籍出版社1999年版，第464~465页。）

暖，身体屈伸。停尸十日，气从咽喉如雷鸣，眼开，索水饮，饮讫便起。说初死时，有二人乘黄马，从兵二人，但言捉将去。二人扶两腋东行，不知几里，便见大城如锡铁崔嵬。从城西门入，见官府舍，有二重黑门，数十梁瓦屋。男女当五六十，主吏著皂单衫，将泰名在第三十。须臾将入，府君西坐，断勘姓名。复将南入黑门，一人绛衣，坐大屋下，以次呼名前，问生时所行事，有何罪故，行何功德，作何善行。言者各各不同……东到地狱按行，复到泥犁地狱，男子六千人，有火树，纵广五十余步，高千丈，四边皆有剑，树上然火，其下十十五五，堕火剑上，贯其身体……复见一城云纵广二百里，名为“受变形城”。云生来不闻道法，而地狱考治已毕者，当于此城更受变报……又见一城，广有五千余步，名为“地中”。罚谪者不堪苦痛……泰问：“人生何以为乐?”主者言：“唯奉佛弟子精进不犯禁戒为乐耳。”又问：“未奉佛时，罪过山积，今奉佛法，其过得除否?”曰：“皆除。”主者又召都录使者，问：“赵泰何故死?”来使开縢检年纪之籍，云：“有算三十年，横为恶鬼所取，今遣还家。”由是大小发意奉佛，为祖、父母及弟悬幡盖、诵《法华经》作福也。①（《幽明录》）

赵泰亡后入地狱之经历，由人物亲自讲述。生前所作之业直接指向人物之果报，因果思想浓厚。赵泰生前不作恶，总知诸狱事，得见地狱众人受苦诸状。据赵泰所言，入地狱者会经历以下事件：被捉入地狱—众人自言生前事—判者校对—据所作恶业发配不同地狱受苦或在恶道轮回。就本书所载，赵泰先后见到泥犁地狱、“受变形城”、“地中”。堕泥犁地狱者因犯身口恶业，受火剑贯体之罚。“受变形城”中杀生者作浮游，偷盗者化猪羊，淫逸者作鸽鹜蛇身。落“地中”者，皆裸行饥困，苦不堪言。赵泰行毕还，与主者之间的对话传递以信佛为乐事，奉佛可抵恶业的思想，无疑有助于

① 王根林、黄益元、曹光甫校点：《汉魏六朝笔记小说大观》，上海古籍出版社1999年版，第739~741页。

佛教信仰在民间的普及。

《幽明录》另有康阿得、石长和死而复生，向人言地狱中事，与该故事相类。《冥祥记》中赵和、陈安居、沙门僧规、王氏四娘入地狱游历，涉及不同身份之人群。唐五代笔记小说中关于地狱的描绘更为详细，如《酉阳杂俎》载有青出死地狱、黑绳地狱、号叫地狱、焦热地狱、八寒地狱等，直观呈现地狱之酷刑。地狱并非乐土，残酷刑罚带来心理上的震撼，从而具有鲜明的宣教意义，这也是地狱游历类小说流行的重要原因。①

综上述所，墓冢书写与地狱游历承载着他界空间之想象。冢变房屋是生者得以借宿墓冢的方式，鬼之形象则渐由可怖巨大者转而具有人之情态。人鬼遇合类故事预示着入冢类叙事趋向成熟，且基本遵循男子遇合女鬼之性别设置。冢中人复活，多关涉男女情感，可视为此期青年男女婚恋生活之写照。冢中人隔代复活则成为前代故事的口述者，是掘墓行为的衍生文本。人鬼间的沟通包括达愿与博弈两类，生人助亡者达愿实则折射出人之精神诉求，人鬼间的博弈，往往以人凭借正气与智慧获胜而结束。地狱描绘源于佛典译介，游历者自述地狱见闻，增强了叙事的可信性。此类故事多为宣教所设，因果业报思想显著，有助于宗教信仰之普及。

第四节　时间：异度空间的关键词

笔记小说中的异度空间是基于现实世界的想象，与现实生活最典型的区别则是时间流逝速度的不同。空间内外须臾经年，不对等的光阴流逝是人物进入异度空间再回归现实的常见叙事。如何理解这种现象，除去小说的虚构与想象色彩，从苦乐体验与时间感知的角度加以解释，不失为一种有效的路径。

---

① 《高僧传》卷13“谈无常，则令心形战栗；语地狱，则使怖泪交零。征昔因，则如见往业；覈当果，则已示来报。谈怡乐，则情抱畅悦；叙哀慼，则洒泪含酸。于是阖众倾心，举堂恻怆。五体输席，碎首陈哀。各各弹指，人人唱佛。”［（梁）释慧皎撰，汤用彤校注，汤一玄整理：《高僧传》，中华书局1992年版，第521～522页］

一、须臾与经年：不对等的光阴流逝

人物进入异度空间，稍作停留，走出却已物是人非，沧海桑田，身处奇境不过须臾，却仿佛步入神秘的磁场，无法返回从前的时空，是山林洞穴类叙事值得注意的现象。关于此点，前述《幽明录》中刘晨阮肇入天台奇遇已有所体现。与之相类的，还有王质石室山观棋，斧柯烂尽的故事：

> 信安郡石室山，晋时王质伐木至，见童子数人棋而歌，质因听之，童子以一物与质，如枣核，质含之，不觉饿，俄顷，童子谓曰："何不去？"质起视，斧柯烂尽。盖既归，无复时人。①（《述异记》）

王质观童子下棋，痴迷忘归，经童子提醒，才发现斧柯已烂，待归还，时人已逝。处于山中，感觉不过"俄顷"，实则已是数年，时间流逝的速度何其惊人！同样是出入异度空间，时间流逝不相对等，刘晨阮肇入天台事与此却有所区别。刘阮山中停留数月，不仅是个体体验，更有物候变化的依据，与外界之数世形成鲜明的对比。此文本中，王质所在异境的时长与外界相同，即"斧柯烂"与"无复时人"相呼应，但时间流逝的速度，或者说个体感知的时间却判然有别。王质食物而不觉饥，身体亦不衰老，异境中的时间似乎定格。换一种思路，观棋时全神贯注、心无旁骛，无法察知外界的变化也是情理中事，只是须臾之感与经年之实的差别还是显示出此类小说丰富的想象力。刘禹锡《酬乐天扬州初逢席上见赠》"到乡翻似烂柯人"将此典故用以摹写心境，以内外两重空间喻人生两段经历，颇有恍如隔世之感。

实际上，早在《汉武帝别国洞冥记》中已有类似的记载：

---

① （南朝）任昉：《述异记》，（宋）不著撰人等：《分门古今类事》（外八种），上海古籍出版社1991年版，第620页。

(东方朔)年三岁，天下秘谶，一览暗诵于口，常指扬天下，空中语。邻母忽失朔，累月方归，母笞之。后复去，经年乃归。母忽见，大惊曰："汝行经年一归，何以慰我耶?"朔曰："儿至紫泥海，有紫水污衣，仍过虞渊湔浣，朝发中返，何云经年乎?"①(《汉武帝别国洞冥记》卷1)

东方朔是此期笔记小说中反复出现的人物，多塑造为博物之士或是神仙中人。② 文中东方朔并非误入异度空间，而是自由出入，"朝发中返"不过半日，旁观者却言经年，半日与经年的时间距离极大。朔半日至紫泥海又过虞渊，行走之疾远非常人所能比拟，由此又引出异度空间类故事的另一个关键词"速度"。《搜神记》中左慈瞬间得松江鲈鱼、蜀中生姜，史昫千里之遥，一宿便归，均是借助超乎常人的速度实现空间的瞬间跨越。速度提高了时间的使用效率，换言之，即延伸了时长。东方朔半日所游，对应旁观者经年之行，除了双方处于不同地域时间感知不同外，也与其速度相关。汉武故事中的东方朔，不仅多见所闻，而且寿命极长，该文本亦从侧面推动了东方朔形象的建构。

到了唐代，空间内外的时间偏差仍在笔记小说中得到体现：

卫国县西南有瓜穴，冬夏常出水，望之如练，时有瓜叶出焉。相

① 王根林、黄益元、曹光甫校点：《汉魏六朝笔记小说大观》，上海古籍出版社1999年版，第124页。

② (晋)张华：《博物志》卷9："汉武帝好仙道，祭祀名山大泽以求神仙之道。时西王母遣使乘白鹿告帝当来，乃供帐九华殿以待之。七月七日夜漏七刻，王母乘紫云车而至于殿西，南面东向，头上戴玉胜，青气郁郁如云。有三青鸟，如乌大，使侍母旁。时设九微灯。帝东面西向，王母索七桃，大如弹丸，以五枚与帝，母食二枚。帝食桃辄以核著膝前，母曰：'取此核将何为?'帝曰：'此桃甘美，欲种之。'母笑曰：'此桃三千年一生实。'唯帝与母对坐，其从者皆不得进。时东方朔窃从殿南厢朱鸟牖中窥母，母顾之，谓帝曰：'此窥牖小儿，尝三来盗吾此桃。'帝乃大怪之。由此世人谓方朔神仙也。"(王根林、黄益元、曹光甫校点：《汉魏六朝笔记小说大观》，上海古籍出版社1999年版，第220页)

传苻秦时有李班者，颇好道术，入穴中行可三百步，廓然有宫宇，床榻上有经书，见二人对坐，须发皓白。班前拜于床下，一人顾曰："卿可还，无宜久住。"班辞出，至穴口，有瓜数个，欲取，乃化为石。寻故道得还。至家，家人云，班去来已经四十年矣。① (《酉阳杂俎》卷2)

长白山，相传古肃然山也。岘南有钟鸣，燕世桑门释惠霄者，自广固至此岘，听钟声，稍前，忽见一寺，门宇炳焕，遂求中食，见一沙弥，乃摘一桃与霄。须臾，又与一桃，语霄曰："至此已淹留，可去矣!"霄出，回头顾，失寺。至广固，见弟子，言失和尚已二年矣。霄始知二桃兆二年矣。② (《酉阳杂俎》卷2)

第一则材料，李班在穴中，辗转数百步，不过片刻停留，走出洞穴却已是四十年的光阴。穴中长者提醒其速还不可久留，显然是知晓时间流逝速度不同于人世。班欲取瓜，瓜化为石的细节，也符合物不可外携的情节设定。第二则材料，故事的发生地为寺院，不同于一般的洞窟，人物离开则场域消失，可见寺院为幻化而出，并非实指。惠霄食二桃，所须时间极短，须弥却告知已经淹留，待返回已经是两年之后。境中人了悟境界内外时间之偏差，并以物品标记外界的时间，此类故事已渐趋成熟。

一般的异度空间叙事并未直接言明人物所至异境为何处，个别文本也会指出为仙界。相较于偏远的洞穴，人物出入不过倏忽数年，自仙界返回人世，则两处时间差别更大：

贝丘西有玉女山，传云：晋泰始中，北海蓬球，字伯坚，入山伐木，忽觉异香，遂溯风寻之。至此山，廓然宫殿盘郁，楼台博敞。球

① (唐)段成式：《酉阳杂俎》卷2，丁如明等校点：《唐五代笔记小说大观》，上海古籍出版社2000年版，第570~571页。

② 丁如明等校点：《唐五代笔记小说大观》，上海古籍出版社2000年版，第571页。

入门窥之，见五株玉树。复稍前，有四妇人，端妙绝世，自弹棋于堂上，见球俱惊起，谓球曰："蓬君何故得来?"球曰："寻香而至。"遂复还戏。一小者便上楼弹琴，留戏者呼之曰："元晖，何为独升楼?"球树下立，觉少饥，乃以舌舐叶上垂露。俄然，有一女乘鹤而至，逆恚曰："玉华，汝等何故有此俗人!"王母即令王方平行诸仙室。球惧向出门，回顾，忽然不见。至家，乃是建平中。其旧居闾舍，皆为墟墓矣。①（《酉阳杂俎》卷2）

北海蓬球泰始年间入山伐木，循异香而至奇境，妇人见蓬至而呼其名，暗示可至仙界的伯坚并非常人。蓬球观妇人戏，饥而舐露，不过俄然之间，为王母发现，惧而出境，返家却已是建平年间。仙界片刻即世间百年，此类情节设定在古典小说中较为常见。值得注意的是，王母管治的仙界是类似女儿国般的存在，充满奇香、玉树、垂露，缥缈而无人间烟火之气息。俗人的闯入显然打破了仙界的秩序，遂遭到驱逐。

二、苦乐体验与时间感知：解读时间差的路径

异境内外为何会出现时间偏差，究竟哪一种测算结果更为准确？关于此点，固然与小说的虚构及想象密不可分，同时不妨将其理解为经历奇境后内在感受的具象化。

计时工具的发明与更新显示出人类对时间的关注。与世隔绝的异度空间往往缺少计时工具，甚至是自然景物的参照，身处其中很难察觉时光的流逝。以外界的时间坐标为体系，便出现客观的时间流逝与主观的心理感受不相对等的现象。这种相悖一定程度上显示了心理体验会影响个体对时间的感知，处境的不同会直接影响对时间流逝速度的判断。

身处不同的异度空间，对时间的感知也明显不同，正如钱锺书所言：

① 丁如明等校点：《唐五代笔记小说大观》，上海古籍出版社2000年版，第571~572页。

“人间日月与天堂日月则相形见多，而与地狱日月复相形见少，良以人间乐不如天堂而地狱苦又逾人间也……乐而时光见短易度，故天堂一夕、半日、一昼夜足抵人世五日、半载，乃至百岁、四千年；苦而时光见长难过，故地狱一年只折人世一日。”①乐土中时间平和缓慢，其实是入此境者心理感受的折射，即在与世隔绝的空间中得到内心的安宁，沉浸其中而不觉光阴飞逝，甚至乐不思归。

> 洞庭山浮于水上，其下有金堂数百间，玉女居之……其山又有灵洞，入中常如有烛于前。中有异香芬馥，泉石明朗。采药石之人入中，如行十里，迥然天清霞耀，花芳柳暗，丹楼琼宇，宫观异常。乃见众女，霓裳冰颜，艳质与世人殊别。来邀采药之人，饮以琼浆金液，延入璇室，奏以箫管丝桐。饯令还家，赠之丹醴之诀。虽怀慕恋，且思其子息，却还洞穴，还若灯烛导前，便绝饥渴，而达旧乡。已见邑里人户，各非故乡邻，唯寻得九代孙。问之，云：“远祖入洞庭山采药不还，今经三百年。”其人说于邻里，亦失所之。②（《拾遗记》卷10）

空间内外，时间差的比例不尽相同。有一年即十年者，③ 有一日即一年者，④ 此处采药人入洞庭山穴，饮酒闻乐，未言停留时日，然出洞还乡已是三百年之后。显然，以世俗平均寿命加以衡量，采药人不可能生存三百年，可见洞中时间流逝非常缓慢。对误入者而言，洞中天地非人世所能比拟，环境、陈设、饮食均符合底层民众的乐土想象。梦一般的处境几乎消

① 钱锺书：《管锥编》(二)，生活·读书·新知三联书店 2019 年版，第 1030 页。

② 王根林、黄益元、曹光甫校点：《汉魏六朝笔记小说大观》，上海古籍出版社 1999 年版，第 563~564 页。

③ (南朝)刘义庆：《幽明录》“此间三年，世中是三十年。”(王根林、黄益元、曹光甫校点：《汉魏六朝笔记小说大观》，上海古籍出版社 1999 年版，第 715 页)

④ (晋)葛洪《神仙传·壶公》，(宋)李昉等编：《太平广记》，中华书局 1961 年版，第 80~82 页。

除人物对时间的感知，醒而还乡或是因为思亲念子，或是由境中人提醒。“乐而时光见短易度”，欢愉清闲则时光短暂，故“乐”与“快”相连。洞中快乐之须臾抵得世间数十年乃至百年光阴，又折射出欢乐未央之心理。因此，异度空间时间流逝缓慢，人类衰老速度也随之减缓，一定程度上显示出乱世时期生命延续之渴求。

第四章　唐宋笔记小说之转型

笔记小说发展到唐宋时期，在承继六朝余绪的同时，也出现新的转型。就本书所论“博物”与“想象”而言，博物倾向弱化，原本外来物品逐渐融入日常，远方与奇物趋向消失，想象类虚构作品减少，小说题材贴近生活。本章以专题形式，选取动物、梦境、文人雅趣等侧面，探讨笔记小说之转型。

第一节　从“奇物”到“宠物”：动物书写之转型

汉魏六朝时期，地理书及博物体小说中的动物多为别国朝贡异兽，以“奇”著称。志怪小说所载动物精怪为常见动物，折射出世俗生活及民间想象。唐宋时期，笔记小说承继动物精怪类叙事的同时，又出现宠物书写，以猧子、鹦鹉较为典型。宠物与人类相处，融入人类生活日常，更具人之情态。

一、别国异兽

《神异经》《海内十洲记》《汉武帝别国洞冥记》《汉武帝内传》《汉武故事》《博物志》《异苑》等小说记载多种外国进献动物，如宝马、犀牛、大象、山鸡、龟蟹等，现将汉魏六朝别国进贡动物列表如下：

序号	动物名称	产地	文献出处
1	飞骸兽	翕韩国	《汉武帝别国洞冥记》
2	花蹄牛	大秦国	《汉武帝别国洞冥记》
3	驳骡	修弥国	《汉武帝别国洞冥记》
4	细鸟(蝉)	勒毕国	《汉武帝别国洞冥记》
5	能言龟	□过国	《汉武帝别国洞冥记》
6	虎龙	西域	《汉武帝别国洞冥记》
7	百足蟹	善苑国	《汉武帝别国洞冥记》
8	鲛鱼	尉佗	《西京杂记》
9	白鹇、黑鹇	闽越	《西京杂记》
10	长鸣鸡	交趾	《西京杂记》
11	象	南国	《博物志》
12	猛兽	大苑	《博物志》
13	汗血马	大宛国	《博物志》
14	双头鸡	大月氏国	《拾遗记》
15	异瑞	条支国	《拾遗记》
16	珍怪	含涂国	《拾遗记》
17	五足兽	因墀国	《拾遗记》
18	嗽金鸟	昆明国	《拾遗记》
19	伤魂鸟	常山郡	《拾遗记》
20	山鸡	南方	《异苑》

上表所列动物，西域朝贡多为猛兽，南方朝贡多为禽鸟。整体而言，此期笔记小说中的动物多以“奇”著称，有写实，亦不乏夸饰，兹举数端加以解读。

吠勒国贡文犀四头，状如水兕。角表有光，因名明犀。置暗中，有光影，亦曰影犀。①（《汉武帝别国洞冥记》卷 2）

山鸡爱其毛羽，映水则舞。魏武时，南方献之。帝欲其鸣舞而无由。公子苍舒令置大镜其前，鸡鉴形而舞不知止，遂乏死。韦仲将为之赋其事。②（《异苑》卷 3）

昔日南贡四象，各有雌雄。其一雄死于九真，乃至南海百有余日，其雌涂土著身，不饮食，空草，长史问其所以，闻之辄流涕。③（《博物志》卷 3）

汉武帝时，大苑之北胡人有献一物，大如狗，然声能惊人，鸡犬闻之皆走，名曰猛兽。帝见之，怪其细小。及出苑中，欲使虎狼食之。虎见此兽即低头著地，帝为反观，见虎如此，欲谓下头作势，起搏杀之。而此兽见虎甚喜，舐唇摇尾，径往虎头上立，因搦虎面，虎乃闭目低头，匍匐不敢动，搦鼻下去，下去之后，虎尾下头起，此兽顾之，虎辄闭目。④（《博物志》卷 3）

前三则是南方之国所献动物，犀牛以其角明亮有光而称奇，山鸡侧重写其物性，“山鸡有美毛，自爱其色毛，终日映水，目眩则溺死”⑤，爱惜毛羽，映水起舞，山鸡也成为赋体的吟咏对象。南国进贡，路途遥远，动物死于途中时有发生。进贡大象，雄死则雌悲，显示出动物情感充满灵性的一面。第四则是西域所献猛兽，文本先摹写其外貌，因形体细小并未引起

① 王根林、黄益元、曹光甫校点：《汉魏六朝笔记小说大观》，上海古籍出版社 1999 年版，第 128 页。

② 王根林、黄益元、曹光甫校点：《汉魏六朝笔记小说大观》，上海古籍出版社 1999 年版，第 609 页。

③ 王根林、黄益元、曹光甫校点：《汉魏六朝笔记小说大观》，上海古籍出版社 1999 年版，第 195 页。

④ 王根林、黄益元、曹光甫校点：《汉魏六朝笔记小说大观》，上海古籍出版社 1999 年版，第 195 页。

⑤ （晋）张华：《博物志》卷 4，王根林、黄益元、曹光甫校点：《汉魏六朝笔记小说大观》，上海古籍出版社 1999 年版，第 199 页。

武帝重视，后通过虎狼反应之侧面细节，展现兽之凶猛。类似的故事，《海内十洲记》亦有载录，且内容更为详细。“形如五六十日犬子”“羸细秃悴”，猛兽大小如幼犬，武帝不解其得名由来，使者历数其奇“当其仁也，爱护蠢动不犯虎豹；当其威也，一声叫发千人伏息”①。继而放之上林苑，虎狼闭目，喑哑俯伏。相对于《博物志》，《海内十洲记》语言偏向赋体，善用排比，铺陈富赡，极夸饰之能事，与汉初文学的整体特征相一致。

由于此期笔记小说所载动物多为进贡之物，由动物侧写宫中逸事便成为动物书写的典型特点。《汉武帝别国洞冥记》卷 2：“元封五年，勒毕国贡细鸟，以方尺之玉笼盛数百头，形如大蝇，状似鹦鹉，声闻数里之间，如黄鹄之音也。国人常以此鸟候时，亦名曰候日虫。帝置之于宫内，旬日而飞尽，帝惜，求之不复得。明年，见细鸟集帷幕，或入衣袖，因名蝉。宫内嫔妃皆悦之，有鸟集其衣者，辄蒙爱幸。至武帝末，稍稍自死，人爱其皮。服其皮者，多为丈夫所媚。”②材料从勒毕国所贡细鸟入手，摹其形貌，再转写因武帝爱之，后宫妃嫔细鸟集衣则得宠幸之逸事。以今之视角，蝉为常见昆虫，作为此期外来物种，文本先名为“鸟”，进而命名为“蝉”，对动物的描写使用形象化的语言，化常为奇，达到陌生化的效果，是地理博物类小说的有意追求。③

二、动物精怪

动物精怪类故事主要出现在志怪小说中，常见的动物有狐、狸、犬、鹿、猪、羊、獭、鼠、狶、蛇、鹭、鹤、鼍、鱼等，既有飞禽走兽，也有两栖及水生动物。为便于解读，现将《搜神记》《搜神后记》《异苑》《幽明录》中相关故事列表如下：

① （汉）东方朔：《海内十洲记》，王根林、黄益元、曹光甫校点：《汉魏六朝笔记小说大观》，上海古籍出版社 1999 年版，第 67~68 页。

② 王根林、黄益元、曹光甫校点：《汉魏六朝笔记小说大观》，上海古籍出版社 1999 年版，第 129 页。

③ 参见尹策：《汉晋地理博物小说的言说方式与奇异之美》，《文学与文化》2020 年第 1 期。

序号	动物精怪	文本篇名	文献出处
1	狸	《老狸》	《搜神记》卷 18
2	狐	《张茂先》	《搜神记》卷 18
3	狸	《吴兴老狸》	《搜神记》卷 18
4	狸	《狸婢》	《搜神记》卷 18
5	狸	《刘伯祖狸神》	《搜神记》卷 18
6	狐	《阿紫》	《搜神记》卷 18
7	狐	《宋大贤》	《搜神记》卷 18
8	狐	《郅伯夷》	《搜神记》卷 18
9	狐	《胡博士》	《搜神记》卷 18
10	鹿	《谢鲲》	《搜神记》卷 18
11	猪	《猪臂金铃》	《搜神记》卷 18
12	羊	《高山君》	《搜神记》卷 18
13	犬	《田琰》	《搜神记》卷 18
14	犬	《沽酒家狗》	《搜神记》卷 18
15	犬	《白衣吏》	《搜神记》卷 18
16	犬	《李叔坚》	《搜神记》卷 18
17	獭	《苍獭》	《搜神记》卷 18
18	鼠	《王周南》	《搜神记》卷 18
19	蝎、猪、鸡	《安阳亭书生》	《搜神记》卷 18
20	狶、狸	《汤应》	《搜神记》卷 18
21	蛇	《司徒府蛇怪》	《搜神记》卷 19
22	蛇	《扬州二蛇》	《搜神记》卷 19
23	鼍	《鼍妇》	《搜神记》卷 19
24	龟、鼍	《丹阳道士》	《搜神记》卷 19
25	鳀鱼	《五酉》	《搜神记》卷 19
26	鼠	《鼠妇》	《搜神记》卷 19
27	龙	《病龙女》	《搜神记》卷 20

续表

序号	动物精怪	文本篇名	文献出处
28	黄雀	《黄衣童子》	《搜神记》卷 20
29	蚁	《董昭之》	《搜神记》卷 20
30	蛇	《华亭大蛇》	《搜神记》卷 20
31	蛇	《邛都大蛇》	《搜神记》卷 20
32	鹭	《素衣女子》	《搜神后记》卷 9
33	鹿	《鹿女脯》	《搜神后记》卷 9
34	猴	《猴私宫妓》	《搜神后记》卷 9
35	犬	《老黄狗》	《搜神后记》卷 9
36	犬	《林虑山亭犬》	《搜神后记》卷 9
37	狐	《古冢老狐》	《搜神后记》卷 9
38	狐	《狐带香囊》	《搜神后记》卷 9
39	蛟	《蛟庇舍》	《搜神后记》卷 10
40	蛇	《乌衣人》	《搜神后记》卷 10
41	蛇、鼋、鼍	《赵晃劾蛇妖》	《异苑》卷 8
42	狸	《乐广治狸怪》	《异苑》卷 8
43	鹤	《徐奭遇女妖》	《异苑》卷 8
44	猴	《牝猴入箦》	《异苑》卷 8
45	狸	《紫衣女》	《异苑》卷 8
46	蛇、龟、鼍	《武昌三魅》	《异苑》卷 8
47	鼍	《鼍魅》	《异苑》卷 8
48	蚯蚓	《暂同皁虫》	《异苑》卷 8
49	獭	《獭化》	《异苑》卷 8
50	蜘蛛	《蜘蛛魅》	《异苑》卷 8
51	獭	《王纂针魅》	《异苑》卷 8
52	狐	《树下老公》	《异苑》卷 8
53	狸	—	《幽明录》
54	鹭	—	《幽明录》

续表

序号	动物精怪	文本篇名	文献出处
55	鹄	—	《幽明录》
56	狸	—	《幽明录》
57	狐	—	《幽明录》
58	狸	—	《幽明录》
59	狸	—	《幽明录》
60	蛇	—	《幽明录》
61	白鹄	—	《幽明录》
62	犬	—	《幽明录》
63	犬	—	《幽明录》
64	乌鸭	—	《幽明录》
65	獭	—	《幽明录》
66	獭	—	《幽明录》
67	狸	—	《幽明录》
68	狸	—	《幽明录》
69	蛇	—	《幽明录》
70	鹭	—	《幽明录》
71	鼠	—	《幽明录》
72	鼍、狸	—	《幽明录》
73	蛇、龟、鼍	—	《幽明录》
74	獭	—	《幽明录》
75	蝼蛄	—	《幽明录》
76	鸡	—	《幽明录》
77	黄雀	—	《续齐谐记》
78	狸	—	《续齐谐记》

上述故事，以狐、狸、蛇、犬、獭类故事较为多见，其中狐狸精怪24则，蛇类精怪11则，犬类精怪8则，獭类精怪5则，个别故事是多种动物精怪同时出现。概括而言，动物精怪类故事的主题体现在以下三个方面：

一是化作书生与人论议，多是老狐所化，与之论议者附会为董仲舒或博物之士张华。如《搜神记》卷18：“董仲舒下帷讲诵，有客来诣，舒知其非常。客又云：‘欲雨。’舒戏之曰：‘巢居知风，穴居知雨。卿非狐狸，则是鼷鼠。’客遂化为老狸。”①该故事又见于《搜神记》《幽明录》，流传甚广。此类文本，狐狸所化书生“总角风流，洁白如玉，举动容止，顾盼生姿”②，俨然博学君子形象。

二是动物精怪与人私通，人之尊严受辱。就性别而言，动物精怪可化为男性，亦可化为女性，前者如犬、猴，后者如狐狸、獭、鹭、鼠等。

> 太叔王氏，后娶庾氏女，年少色美。王年六十，常宿外，妇深无欣。后忽一夕，见王还，燕婉兼常。昼坐，因共食。奴从外来，见之大惊。以白王。王遽入，伪者亦出。二人交会中庭，俱著白帢，衣服形貌如一。真者便先举杖打伪者，伪者亦报打之。二人各敕子弟，令与手。王儿乃突前痛打，是一黄狗，遂打杀之。王时为会稽府佐，门士云：“恒见一老黄狗，自东而来。”其妇大耻，病死。③（《搜神后记》卷9）
>
> 宋永兴县吏钟道，得重病初差，情欲倍常。先乐白鹤墟中女子，至是犹存想焉。忽见此女子振衣而来，即与燕好。是后数至。道曰：“吾甚欲鸡舌香。”女曰：“何难。”乃掬香满手以授道，道邀女同含咀

① 王根林、黄益元、曹光甫校点：《汉魏六朝笔记小说大观》，上海古籍出版社1999年版，第16页。

② （晋）干宝：《搜神记》，王根林、黄益元、曹光甫校点：《汉魏六朝笔记小说大观》，上海古籍出版社1999年版，第417页。

③ 王根林、黄益元、曹光甫校点：《汉魏六朝笔记小说大观》，上海古籍出版社1999年版，第480~481页。

> 之。女曰："我气素芳，不假此。"女子出户，狗忽见随。咋杀之，乃是老獭，口香即獭粪，顿觉臭秽。① (《幽明录》)

犬化作男性与人私通多是化作女子丈夫容貌，打消对方疑虑。幻化之人见到本尊而现出原形，女子则惭耻而亡。犬类精怪之所为已经扰乱人类生活，故而难逃遭人打杀之结局。水中獭类及白鹭多化作女形，以荷叶或毛羽为衣，与过往男子苟合。上引《幽明录》钟道迷恋老獭所化女子，数与燕好。老獭不仅可幻化形貌，还可将獭粪化作鸡舌香，然钟道浑然不觉。后因家犬嗅其味而咋杀方现出原形，与之相应地，鸡舌香也化作獭粪，道方知其秽。贪于情欲而陷入幻化之形象，人之尊严便随之受辱。

三是动物精怪报恩或复仇，② 即动物落于险境，得人救助而重获自由，后向人报恩，或是动物精怪向施害者复仇类叙事。如《搜神记》卷20："汉时弘农杨宝，年九岁时至华阴山北，见一黄雀为鸱枭所搏，坠于树下，为蝼蚁所困。宝见愍之，取归置巾箱中，食以黄花。百余日，毛羽成，朝去暮还。一夕三更，宝读书未卧。有黄衣童子向宝再拜曰：'我，西王母使者。使蓬莱，不慎为鸱枭所搏。君仁爱见拯，实感盛德。'乃以白环四枚与宝，曰：'令君子孙洁白，位登三事，当如此环。'"③少年从鸱枭及蝼蚁口中救下黄雀，并精心照料，直至黄雀毛羽渐成，后黄雀化作黄衣童子向少年拜谢，感其仁爱并增之白环。复仇类故事主要与蛇类精怪相关，如《华亭大蛇》《邛都大蛇》等。动物精怪报恩或复仇故事多为宣扬惩恶扬善之理念，在民间广为流传。

---

① 丁如明等校点：《唐五代笔记小说大观》，上海古籍出版社2000年版，第741页。

② 动物直接报恩或复仇，未化作人形则不在此点讨论范围，如《搜神记》卷20《苏易》《鹤衔珠》《随侯珠》《孔愉》《蝼蛄神》《麂荡》，《搜神后记》卷10《蛟子》《蛇衔卵》《放龟》等。

③ (晋)干宝：《搜神记》卷20，王根林、黄益元、曹光甫校点：《汉魏六朝笔记小说大观》，上海古籍出版社1999年版，第430~431页。

三、生活宠物

唐代笔记小说在承继动物精怪类故事的基础上，新增了宠物书写。此期小说中的宠物有来自中亚的猧子，也有鸟禽类，最为典型的是鹦鹉，另外还包括体格极小的昆虫如蟋蟀等。

首先是康国猧子，宫廷颇受欢迎的宠物犬。魏晋六朝笔记小说有“义犬护主”“忠犬救主”类故事，① 多为本土驯化犬类，承担看家守护之职责。中亚猧子传入唐王朝，穿梭于朱门殿宇，亲近人类，多为温顺可爱之形象。

> 天宝末，交趾贡龙脑，如蝉蚕形。波斯言老龙脑树节方有，禁中呼为瑞龙脑。上唯赐贵妃十枚，香气彻十余步。上夏日尝与亲王棋，令贺怀智独弹琵琶，贵妃立于局前观之。上数子将输，贵妃放康国猧子于坐侧。猧子乃上局，局子乱，上大悦。②（《酉阳杂俎》卷1）

该故事以波斯所献瑞龙脑香起，又以瑞龙脑香结，侧重玉环明皇事，中间穿插贵妃以猧子助玄宗乱棋局。瑞龙脑香稀有，上独赐贵妃，后风吹贵妃领巾于贺怀智巾上，香气非常，贺卸幞头藏之锦囊，贵妃亡后，贺以物示明皇，上仍嗅其香。

“猧子乱局”又见于《开元天宝遗事》，文本仅表此一事，内容相近，“一日，明皇与亲王棋，令贺怀智独奏琵琶，妃子立于局前观之。上欲输次，妃子将康国猧子放之，令于局上乱其输赢，上甚悦焉”③。猧子亲近贵妃，善晓人意，放之则知打乱棋局。明皇与亲王静默博弈的棋局暗含世故

① 参见（晋）干宝：《搜神记》卷20《义犬冢》《华隆家犬》，王根林、黄益元、曹光甫校点：《汉魏六朝笔记小说大观》，上海古籍出版社1999年版，第432~433页。

② （唐）段成式：《酉阳杂俎》卷1，丁如明等校点：《唐五代笔记小说大观》，上海古籍出版社2000年版，第559页。

③ （五代）王仁裕：《开元天宝遗事》卷下，丁如明等校点：《唐五代笔记小说大观》，上海古籍出版社2000年版，第1740页。

之人情，宠物犬的出现增添了宫廷逸事的趣味。

其次是鹦鹉，其故事包含两种类型，一是与断案有关，鹦鹉充当目击证人的角色，可言说事件经过；二是不忍困于笼中，获得自由后牵念主人。①

长安城中有豪民杨崇义者，家富数世，服玩之属，僭于王公。崇义妻刘氏，有国色，与邻舍儿李弇私通，情甚于夫，遂有意欲害崇义。忽一日，醉归寝于室中，刘氏与李弇同谋而害之，埋于枯井中。其时仆妾辈并无所觉，惟有鹦鹉一只在堂前架上。洎杀崇义之后，其妻却令童仆四散寻觅其夫，遂经府陈词，言其夫不归，窃虑为人所害。府县官吏，日夜捕贼，涉疑之人及童仆辈，经榜捶者百数人，莫究其弊。后来县官等再诣崇义家检校，其架上鹦鹉，忽然声屈，县官遂取于臂上，因问其故。鹦鹉曰："杀家主者刘氏、李弇也。"官吏等遂执缚刘氏及捕李弇下狱，备招情款。府尹具事案奏闻，明皇叹讶久之。其刘氏、李弇依刑处死，封鹦鹉为绿衣使者，付后宫养喂。张说后为《绿衣使者传》，好事者传之。②（《开元天宝遗事》卷上）

有关中商得鹦鹉于陇山，能人言，商爱之。偶以事下有司狱，旬日归，辄叹恨不已。鹦鹉曰："郎在狱数日已不堪，鹦鹉遭笼闭累年，奈何？"商感之，携往陇山，泣涕放之。去后，每商之同辈过陇山，鹦鹉必于林间问郎无恙，托寄声也。泸南之长宁军有畜秦吉了者，亦能人言。有夷酋欲以钱伍拾万买之，其人告以"苦贫，将卖尔"。秦吉了

① 此前笔记小说中也有鹦鹉故事，如（南朝）刘敬叔：《异苑》卷3："有鹦鹉飞集他山，山中禽兽辄相贵重。鹦鹉自念虽乐，不可久也，便去。后数月，山中大火。鹦鹉遥见，便入水濡羽，飞而洒之。天神言：'汝虽有志意，何足云也？'对曰：'虽知不能救，然尝侨居是山，禽兽行善，皆为兄弟，不忍见耳。'天神嘉感，即为灭火。"（王根林、黄益元、曹光甫校点：《汉魏六朝笔记小说大观》，上海古籍出版社1999年版，第608~609页）该文本显然源自汉译佛典。

② 丁如明等校点：《唐五代笔记小说大观》，上海古籍出版社2000年版，第1720页。

曰：“我汉禽，不愿入夷中。”遂绝颈而死。呜呼！士有背主忘恩与甘心异域而不能死者，曾秦吉了之不若也，故表出之。①（《邵氏见闻录》卷17）

第一则材料，妻与人通谋害丈夫，藏匿尸体，又假意报官寻找。鹦鹉作为旁观者目睹案件，并未声张，直到断案者到达案发现场才出声叫屈。鹦鹉只可学舌，该故事中却可自陈语言，指认罪犯，后又被封为绿衣使者，带有一定的传奇色彩。第二者材料，商人因喜爱而豢养鹦鹉，后下狱，亲身体验被困之苦，遂放鹦鹉归山，鹦鹉并未忘恩，每有商人经过便托声问好。类似的故事也出现在《玉壶清话》：“常止巢于官道陇树之末，凡吴商驱车人秦者，鸣于巢外问曰：‘客还见我段二郎安否？’悲鸣祝曰：‘若见时，为道鹦哥甚忆二郎。’”②鹦鹉归乡后见吴地商贾而问主人更为悲切动人。同一文本中的秦吉了即八哥，亦可学人言语，知主人将其鬻卖，呼“我汉禽，不愿入夷中”，绝颈而死，赋予动物人之品格。

《明皇杂录》载白鹦鹉事可作为鹦鹉书写之补充。“天宝中，岭南献白鹦鹉，养之宫中，岁久颇聪慧，洞晓言词。上及贵妃皆呼为雪衣女。”“上每与贵妃及诸王博戏，上稍不胜，左右呼雪衣娘，必入局中鼓舞，以乱其行列，或啄嫔御及诸王手，使不能争道。”③白鹦鹉乱博戏与上文“猧子乱局”相类，二者俱为宫中宠物方可近身。雪衣女梦为鸷鸟所搏，贵妃授《多心经》以避祸患，后仍被鹰搏之毙命，宫中为之建鹦鹉冢。鹦鹉养在宫中，耳濡目染，冰雪聪慧，为人所喜爱，“雪衣娘”的称呼便可见一斑。

飞禽类宠物，除了多次出现的鹦鹉，尚有“传书鸽”“知更雀”以及黄莺、赤鹰、黄鹄等。传书鸽可为张九龄与亲知传递书信，又称“飞奴”，知

① （宋）邵伯温：《邵氏见闻录》，丁如明等校点：《宋元笔记小说大观》，上海古籍出版社2007年版，第1814页。

② （宋）文莹：《玉壶清话》卷6，丁如明等校点：《宋元笔记小说大观》，上海古籍出版社2007年版，第1497页。

③ （唐）郑处诲：《明皇杂录》，丁如明等校点：《唐五代笔记小说大观》，上海古籍出版社2000年版，第979~980页。

更雀可报知时间，黄莺被称为“金衣公子”，赤鹰、黄鹄可用于打猎。

再次是蟋蟀，《开元天宝遗事》卷上“金笼蟋蟀”条：“每至秋时，宫中妃妾辈，皆以小金笼捉蟋蟀闭于笼中，置之枕函畔，夜听其声。庶民之家皆效之也。”①《诗经·豳风·七月》已将“蟋蟀”入诗，农事诗中的动植物多用来标记月令，也承载着早期民众对自然的感知。中唐时期，宫中妃妾捉蟋蟀入笼，置之枕畔而听闻其声，则是有意将蟋蟀作为取乐之物。至宋代，斗蟋蟀之风越发盛行，都城小说《西湖老人繁胜录》记载临安市民养斗蟋蟀之盛事，临安已形成蟋蟀市场，不乏捉卖蟋蟀为生者。贾似道《秋虫谱》，又名《促织经》，详尽论述蟋蟀形、色、养、斗等多个侧面，可见蟋蟀已逐步融入市民生活。

第二节　梦中天地：梦境题材的开拓

梦是潜意识的形象化呈现，汉魏六朝至唐宋笔记小说中多有梦境书写，入梦、释梦、托梦、同梦、梦中得诗等为其常见形式。梦入异境暗含人生命题之探索，短暂梦境历经人生，南柯一梦显示对生存方式及意义的思索。托梦寄予生者与死者的情感联结，以母子之情为最。同梦与入他人之梦，多出现在友人之间。梦中得诗是诗人反复吟咏后梦的预示。

一、梦入异境：人生命题之探索

梦入蚁穴最早见于《搜神记》卷10《审雨堂》：“夏阳卢汾，字士济，梦入蚁穴，见堂宇三间，势甚危豁。题其额曰‘审雨堂’。”②蚁穴名“审雨堂”，与蚁群可预知天气有关，简短的故事呈现的内容相对有限，可视为对自然现象的形象化传达。梦入蚁穴，而非庞大的可进入的洞穴，一定程

① 丁如明等校点：《唐五代笔记小说大观》，上海古籍出版社2000年版，第1723页。

② 王根林、黄益元、曹光甫校点：《汉魏六朝笔记小说大观》，上海古籍出版社1999年版，第354页。

度上带有想象色彩。该题材到唐传奇《南柯太守传》中，除情节的扩展与丰富，衍生出更为深刻的命题，人生如梦，即关于人之存在与意义的探索。

东平淳于棼，吴楚游侠之士……家住广陵郡东十里，所居宅南有大古槐一株，枝干修密，清阴数亩。淳于生日与群豪，大饮其下。贞元七年九月，因沉醉致疾……解巾就枕，昏然忽忽，仿佛若梦。见二紫衣使者，跪拜生曰："槐安国王遣小臣致命奉邀。"生不觉下榻整衣，随二使至门。见青油小车，驾以四牡，左右从者七八，扶生上车，出大户，指古槐穴而去……朱门重楼，楼上有金书，题曰"大槐安国"。执门者趋拜奔走。旋有一骑传呼曰："王以驸马远降，令且息东华馆。"……是夕，羔雁币帛，威容仪度，妓乐丝竹，肴膳灯烛，车骑礼物之用，无不咸备……撤障去扇，见一女子，云号"金枝公主"。年可十四五，严若神仙。交欢之礼，颇亦明显。

生自尔情义日洽，荣曜日盛，出入车服，游宴宾御，次于王者。

……

自守郡二十载，风化广被，百姓歌谣，建功德碑。立生祠宇。王甚重之，赐食邑，锡爵位，居台辅。周、田皆以政治著闻，递迁大位。生有五男二女。男以门荫授官，女亦聘于王族；荣耀显赫，一时之盛，代莫比之。

……

是月，司宪周弁疽发背，卒。生妻公主遭疾，旬日又薨。生因请罢郡，护丧赴国……时议以生侈僭之应也。遂夺生侍卫，禁生游从，处之私第……夫人因留孙自鞠育之。又谓生曰："卿离家多时，可暂归本里，一见亲族。诸孙留此，无以为念。后三年，当令迎卿。"生曰："此乃家矣，何更归焉？"王笑曰："卿本人间，家非在此。"生忽若昏睡，瞢然久之，方乃发悟前事，遂流涕请还……二使者引生下车，入其门，升其阶，已身卧于堂东庑之下。生甚惊畏，不敢前近。二使因大呼生之姓名数声，生遂发籍如初。见家之僮仆拥篲于庭，二客濯足于榻，斜日来隐于西垣，余樽尚湛于东牖。梦中倏忽，若度一世矣。

生感念嗟叹，遂呼二客而语之，惊骇，因与生出外，寻槐下穴。生指曰："此即梦中所惊入处。"……生感南柯之浮虚，悟人世之倏忽，遂栖心道门，绝弃酒色……前华州参军李肇赞曰："贵极禄位，权倾国都，达人视此，蚁聚何殊。"①

《南柯太守传》，李公佐作。淳于棼梦游槐安国，其经历可概括如下：

1. 入槐安国即为驸马，迎娶金枝公主，荣曜日盛；

2. 守郡南柯，政绩显赫，子女荣耀；

3. 公主、友人薨卒；

4. 时议淳于棼有僭位之应，禁于私第；

5. 槐安王命侍从送淳于棼还家。

淳于棼短暂一梦，历经人生一世。繁华热闹与冷清低沉，春风得意与悲伤失意尽皆体会。醒后"感南柯之浮虚，悟人世之倏忽"，由此引出"人生如梦"的命题。生存于当下瞬间，难察人生之全貌，淳于棼梦醒之后，如旁观者观影一般，回顾梦中所历，遂可顿然醒悟。李公佐自述听闻淳生之梦，查访旧迹，编录成传以警醒后人，"后之君子，幸以南柯为偶然，无以名位骄于天壤间"②。故事结尾，引前华州参军李肇赞词"贵极禄位，权倾国都，达人视此，蚁聚何殊"，可谓卒章显志。唐传奇中与之相类的还有沈既济《枕中记》，人生所历不过黄粱一梦，转头皆空。道教及佛教思想对此类小说的渗透，于此可见一斑。

唐李玫《纂异记》载录徐玄之故事，梦中所入亦为蚁穴，然主题不同。蚍蜉王披坚执锐，又有蛰虻、螯虫将军，徐玄之冲撞蚁王军队遭到掳掠，险被行刑，警醒后掘地得蚁穴而焚烧，宅遂安宁，文本带有志怪小说的

① （唐）李公佐：《南柯太守传》，李剑国辑校：《唐五代传奇集》，中华书局2015年版，第687~695页。

② 李剑国辑校：《唐五代传奇集》，中华书局2015年版，第694页。

影子。

此外，五代王仁裕《开元天宝遗事》卷上“游仙枕”条：“龟兹国进奉枕一枚，其色如码碯，温温如玉，其制作甚朴素。若枕之，则十洲三岛、四海五湖，尽在梦中所见。帝因立名为游仙枕。后赐与杨国忠。”①可谓开启唐宋卧游山水之滥觞。

二、托梦：生死者的情感联结

《搜神记》载录数则托梦故事，多是逝者向家人传达死后处境及诉求。此类故事一定程度上寄托生者之牵念，是生者与死者意识沟通的方式，涉及情感多为亲情或友情，该题材在唐宋笔记小说中虽有承继，但不多见。

> 蒋济，字子通，楚国平阿人也。仕魏，为领军将军。其妇梦见亡儿涕泣曰：“死生异路。我生时为卿相子孙，今在地下为泰山伍伯，憔悴困苦，不可复言。今太庙西讴士孙阿，见召为泰山令，愿母为白侯，属阿，令转我得乐处。”言讫，母忽然惊寤。
>
> 明日以白济。济曰：“梦为虚耳，不足怪也。”日暮，复梦：“我来迎新君，止在庙下。未发之顷，暂得来归。新君明日日中当发，临发多事，不复得归，永辞于此。侯气强，难感悟，自诉于母。愿重启侯，何惜不一试验之？”遂道阿之形状，言备悉。天明，母重启济：“虽云梦不足怪，此何太适适！亦何不一验之？”济乃遣人诣太庙下，推问孙阿，果得之，形状证验，悉如儿言。济涕泣曰：“几负吾儿！”
>
> 于是乃见孙阿，具语其事。阿不惧当死，而喜得为泰山令，惟恐济言不信也，曰：“若如节下言，阿之愿也。不知贤子欲得何职？”济曰：“随地下乐者与之。”阿曰：“辄当奉教。”乃厚赏之。言讫，遣还。
>
> 济欲速知其验，从领军门至庙下，十步安一人，以传消息。辰时

① 丁如明等校点：《唐五代笔记小说大观》，上海古籍出版社2000年版，第1718页。

> 传阿心痛，巳时传阿剧，日中传阿亡。济曰："虽哀吾儿之不幸，且喜亡者有知。"
>
> 月余，儿复来，语母曰："已得转为录事矣。"①(《搜神记》卷16)

蒋济子亡后为泰山伍伯，困苦憔悴，遂托梦母亲，家人初不信，后复托梦，并述即任泰山令孙阿之形貌。蒋济寻之，转达亡儿心愿。孙阿亡后果为泰山令，并将蒋子转为录事。借助生者之间的协调，亡儿得改处境，其间托梦成为最重要的途径。志怪小说不乏想象与虚构成分，生者与死者的情感牵联却具有一定的生活依据。同卷《温序》为亡父向长子托梦故事，温序兵败自裁，厚葬于洛阳，后托梦其子"久客思乡"，子乃乞骨归葬太原。思乡之情感并无生者死者之别，叶落归根，安土重迁的观念深植于农耕民族。由于失去了生命，无法亲自返回，只能托梦后代，令其携带身体还乡安葬。已经变化的身体回归故乡，了却了亡者最大的心愿。殷芸《小说》卷10载亡母托梦小儿："齐宜都王铿，三岁丧母，及有识，问母所在，左右告以早亡，便思慕蔬食。自悲不识母，常祈请幽冥，求一梦见。至六岁梦见一妇人，谓之曰：'我是汝之母。'铿悲泣。旦说之，容貌衣服，事事如平生也。闻者莫不歔欷。"②小儿梦见亡母体现出生者强烈的思念，以及为梦见母亲呈现出的虔诚之心。生者对亡者的依恋，也是对未曾体验过的母爱之渴求。

除却至亲，友人之间也可托梦：

> 元伯寝疾甚笃，同郡郅君章、殷子徵晨夜省视之。元伯临终，叹曰："恨不见我死友。"子徵曰："吾与君章尽心于子，是非死友，复欲谁求?"元伯曰："若二子者，吾生友耳。山阳范巨卿，所谓死友也。"

① 王根林、黄益元、曹光甫校点：《汉魏六朝笔记小说大观》，上海古籍出版社1999年版，第397~398页。

② 王根林、黄益元、曹光甫校点：《汉魏六朝笔记小说大观》，上海古籍出版社1999年版，第1046页。

寻而卒。

式忽梦见元伯，玄冕垂缨，屣履而呼曰："巨卿！吾以某日死，当以尔时葬，永归黄泉。子未忘我，岂能相及？"式怳然觉悟，悲叹泣下。便服朋友之服，投其葬日，驰往赴之。未及到而丧已发引。既至圹，将窆，而柩不肯进。其母抚之曰："元伯，岂有望耶？"遂停柩。

移时，乃见素车白马，号哭而来。其母望之曰："是必范巨卿也。"既至，叩丧言曰："行矣元伯！死生异路，永从此辞。"会葬者千人，咸为挥涕。式因执绋而引，柩于是乃前。式遂留止冢次，为修坟树，然后乃去。①（《搜神记》卷11）

范巨卿与张元伯同游太学，结下深厚友谊，各归乡里后，二人人生很难再有交集，但每有期约，定不相负，元伯病重，别前未见死友是将亡者最大的遗恨，在消息很难快速传递的情况下，托梦成为最有效的途径。范式于梦中收到诀别信号，便着服前往，元伯等到范式到来才肯发丧，双方共同努力，终于完成了面别的心愿。在以礼安葬这样一个颇具仪式感的永别场景中，范式与亡者悲痛告别，围观者也为二人之情谊所感动。情感可突破现实与异界的阻隔，以梦的形式持续传递，可见即使在叙事文本中，古典文学抒情性的一面也得到展露。

志怪小说中，非亲友亦可托梦，生者与死者并不相识，而是因地域相遇。时代变迁，古墓变新房，促成生者和死者的际会。因二者并无亲缘关系，受到生者的敬畏或帮助，死者往往会以给予金钱的方式传达谢意。

剡县陈务妻，少与二子寡居。好饮茶茗。宅中先有古冢，每日作茗饮，先辄祀之。二子患之，曰："古冢何知？徒以劳祀。"欲掘去之。母苦禁而止。及夜，母梦一人曰："吾止此冢二百余年，谬蒙惠泽。

① 王根林、黄益元、曹光甫校点：《汉魏六朝笔记小说大观》，上海古籍出版社1999年版，第368页。

卿二子恒欲见毁，赖相保护。又飨吾佳茗。虽泉壤朽骨，岂忘翳桑之报?”遂觉。明日晨兴，乃于庭内钱十万，似久埋者而贯皆新。提还告其儿。儿并有惭色。从是祷酹愈至。① (《异苑》卷7)

晋隆安年中，颜从尝起新屋，夜梦人语云：“君何坏我冢?”明日，床前掘除之，遂见一棺材。从便为设祭，云：“今当移好处，别作小冢。”明朝，一人诣门求通，姓朱名护。列坐，乃言云：“我居四十年，昨厚贶，相感何已！今是吉日，便可出棺矣。仆巾箱中有金镜以相助。”遂以棺头举巾箱，出金镜三双赠从。② (《幽明录》)

第一则材料是对古冢的敬畏，陈务妻祀古冢以茶茗，儿子欲止，母是夜即得古冢托梦。魂魄不灭、古冢有灵的民间观念一定程度上源于对生命本身的敬重。第二则材料是助亡者移冢。沧海桑田，昔日冢墓起新宅，墓主托梦，生者得知后移至别处，另作小冢，得主人厚谢。类似的故事还有《异苑》卷7《金镜助赠》《漆棺老姥》《梦谢拯棺》以及《搜神后记》卷6《上虞人》殷仲堪助托梦者移棺至高燥处，该类故事反映生者对亡者的敬畏与慈悲。

三、同梦与入梦：预示及情谊

梦本是较强的私人化空间，因此“同梦”现象便显得不同寻常。魏晋六朝至唐，同梦现象的侧重点已发生转移，早期侧重梦的预示功能，后期则侧重情意的传达。

会稽谢奉与永嘉太守郭伯猷善。谢忽梦郭与人于浙江上争樗蒲钱，因为水神所责，堕水而死，已营理郭凶事。及觉，即往郭许，共围棋。良久，谢云：“卿知吾来意否?”因说所梦。郭闻之怅然，云：

① 王根林、黄益元、曹光甫校点：《汉魏六朝笔记小说大观》，上海古籍出版社1999年版，第656~657页。

② 王根林、黄益元、曹光甫校点：《汉魏六朝笔记小说大观》，上海古籍出版社1999年版，第719页。

"吾昨夜亦梦与人争钱，如卿所梦，何期太的的也！"须臾如厕，便倒气绝。谢为凶具，一如其梦。①（《搜神记》卷10）

桓哲字明期，居豫章时，梅元龙为太守，先已病矣，哲往省之。语梅云："吾昨夜忽梦见作卒，迎卿来作泰山府君。"梅闻之愕然，曰："吾亦梦见卿为卒，着丧衣，来迎我。"经数日，复同梦如前，云"二十八日当拜"。至二十七日晡时，桓忽中恶腹满，就梅索麝香丸。梅闻，便令作凶具。二十七日，桓便亡。二十八日而梅卒。②（《搜神后记》卷3）

上二则友人同梦小说均展现人物死亡时间的预知。第一则故事谢奉梦郭伯猷与人争执，堕水而亡，因所梦非同寻常，谢前往告知，郭听闻知亦做同梦。须臾之间，郭果亡命，谢为其营理后事，正与梦境相合。谢郭虽是同梦，但视角不同，一是旁观者，一是亲历者，梦境的言说则由前者引起。第二则故事桓哲探病梅元龙言二人俱将亡逸之梦，梅告知与其同梦。二人第二次同梦则是梦中直接宣告死亡时间。桓哲梦作卒迎梅元龙为泰山府君，后果桓先亡命，梅于次日随之。桓始腹痛从梅索麝香丸，梅即令备后事，预知梦给将亡者一定的准备时间，也反映出此期民间相信预知梦的普遍现象。

唐孟棨《本事诗》以元稹之梦与白居易现实处境相重合展现二人情谊深厚：

元相公稹为御史，鞫狱梓潼。时白尚书在京，与名辈游慈恩，小酌花下，为诗寄元曰："花时同醉破春愁，醉折花枝当酒筹。忽忆故人天际去，计程今日到梁州。"

① 王根林、黄益元、曹光甫校点：《汉魏六朝笔记小说大观》，上海古籍出版社1999年版，第355页。

② 王根林、黄益元、曹光甫校点：《汉魏六朝笔记小说大观》，上海古籍出版社1999年版，第453~454页。

时元果及褒城，亦寄《梦游诗》曰："梦君兄弟曲江头，也向慈恩院里游。驿吏唤人排马去，忽惊身在古梁州。"千里神交，合若符契，友朋之道，不其至欤！①

元白"死生契阔者三十载，歌诗唱和者九百章"②，贬谪时期，往来唱和之诗歌成为二人情感交流的媒介。白居易甚至将元诗写于屏风，足见对友谊之珍重，也增加了唐诗的传播途径。上引材料，元稹外放，白居易与友人游慈恩寺，元稹虽未在场，因白居易的牵挂，便以独特的精神参与形式亲临了这场集会。席间白居易寄诗元稹"忽忆故人天际去，计程今日到梁州"，基于现实距离及车马速度对元稹行程作出推断。颇为巧合的是，元稹当日果及褒城，并寄诗自言梦境："梦君兄弟曲江头，也向慈恩院里游。驿吏唤人排马去，忽惊身在古梁州。"元稹梦见白居易与友人同游慈恩寺，梦中的自己已迫不及待要排马同去，醒来才知身在梁州，元稹的梦可谓精确还原白居易当日的经历。梦与现实的重合，源于二人心意相通，也即元白之间的牵挂与思念从未停歇。

柳宗元《龙城录》"韩退之梦吞丹篆"条，韩愈少时梦人强令吞《丹篆》一卷，旁有人抚掌而笑，后见孟郊顿觉目熟，乃少时梦中旁笑者。③韩愈与孟郊的情谊如冥冥中注定一般，梦中先识，相见如同重逢，文本借助梦中人与眼前人重合之情境，展现人与人之间缘分之微妙。

"入他人之梦"或是"观他人之梦"在唐代小说中亦有呈现：

有张生者，家在汴州中牟县东北赤城坂。以饥寒，一旦别妻子游河朔，五年方还。

① （唐）孟启撰，董希平、程艳梅、王思静评注：《本事诗》，中华书局2014年版，第156页。

② （唐）白居易《祭微之文》，白居易著，谢思炜校注：《白居易文集校注》，中华书局2011年版，第1908页。

③ （唐）柳宗元：《龙城录》，丁如明等校点：《唐五代笔记小说大观》，上海古籍出版社2000年版，第142页。

自河朔还汴州，晚出郑州门。到板桥，已昏黑矣，乃下道，取陂中径路而归。忽于草莽中见灯火荧煌，宾客五、六人，方宴饮次，生乃下驴以诣之。相去十余步，见其妻亦在坐中，与宾客语笑方洽。生乃蔽形于白杨树间以窥之。见有长须者，持杯请措大夫人歌。生之妻，文学之家，幼学诗书，甚有篇咏。欲不为唱，四座勤请，乃歌曰："叹衰草，络纬声切切。良人一去不复还，今夕坐愁鬓如雪。"……酒至紫衣胡人，复请歌，云："须有艳意。"张妻低头未唱间，长须又抛一觥。于是张生怒，扪足下得一瓦，击之，中长须头；再发一瓦，中妻额。阒然无所见。

张君谓其妻已卒，恸哭，连夜而归。及明至门，家人惊喜出迎。张君问其妻，婢仆曰："娘子夜来头痛。"张君入室，问其妻病之由。曰："昨夜梦草莽之处，有六、七人，遍令饮酒，各请歌。奴凡歌六、七曲。有长须者，频抛觥。方饮次，外有发瓦来，第二中奴额，因惊觉，乃头痛。"张君因知昨夜所见，乃妻梦也。①（《纂异记》）

张生久别还乡，忽见妻子与宾客饮酒歌诗，一石击客与妻额，众人消失，后还家方知所见乃为妻梦。张生可入妻子之梦，以旁观者叙述者的身份讲述梦中见闻。妻子与张生皆处于草莽之中，而非家中，已暗示所见或非为真。但张生的亲历性与在场感又对读者产生一定的误导，以为其真。全文笔触集中在妻子与宾客对诗，直到客请妻歌艳意，张生才再次出场，忿怒以石击众人，众人消失即梦的结束。转而由续写实，张生返家，见妻头痛，闻说昨夜之梦，方知是进入了妻子之梦。

该故事有两处值得关注，首先张生是在何种状态进入妻子的梦境的，醒或是眠，据文章所写，张生夜出而进入妻子之梦，即现实中所见，妻子之梦真切地呈现在他的面前。从后文所写，张生击中妻子后心生惊惧，连

① （唐）李玫：《纂异记》，丁如明等校点：《唐五代笔记小说大观》，上海古籍出版社2000年版，第504~505页。

夜还家，可知张生是出于一种清醒的状态，那么该故事便最大程度地压缩了梦境与现实之间的距离，虚实相生中带有缥缈的意味。当然，也不能排除这可能是张生之梦，而作者以一种独特的方式对其加以描绘。如此的话，该故事便包含两重梦境，一是张生之梦，二是妻子之梦，后者从属于前者，为梦中之梦。其次张生可以干涉妻子的梦境。张生亲临妻子的梦境，在地理空间上是隔着一定距离的远观，如同临水见幻影，以石击众人，则幻影消失。张生与妻子之梦产生联结的媒介是二人之间的情感，因思念而梦妻子，复又入妻子之梦，打断妻子梦境也是因为情绪，这样的安排符合日有所思夜有所梦的常识。

四、梦中得诗：创作灵感的侧面解读

《异苑》卷7“慧猷诗梦”条载慧猷梦中读诗，醒后仅得一篇。“晋武太元二年，沙门竺慧猷夜梦读诗五首。其一篇后曰：‘陌南酸枣树，名为六奇木。遣人以伐取，载还柱马屋。’”①梦中所读之诗或是诗人潜意识的显现，唐宋笔记小说中“梦中作诗”“梦中得句”现象明显增多，兹以惠洪《冷斋夜话》为例，列举二条如下：

> 东坡倅钱塘日，梦神宗召入禁，宫女环侍，一红衣女捧红靴一双，命轼铭之。觉而记其中一联云：“寒女之丝，铢积寸累。天步所临，云蒸雷起。”既毕，进御，上极叹其敏。使宫女送出，睇视裙带间有六言诗一首，曰：“百叠漪漪水皱，六铢縰縰云轻。植立含风广殿，微闻环珮摇声。”②(《冷斋夜话》卷1《东坡梦铭红靴》)
>
> 崇宁元年元日，粥罢昏睡，梦中忽作一诗，既觉辄能记之，曰：“无赖东风试怒号，共乘一叶傲惊涛。不知两岸人皆愕，但觉中流笑

① 王根林、黄益元、曹光甫校点：《汉魏六朝笔记小说大观》，上海古籍出版社1999年版，第661页。

② （宋）惠洪：《冷斋夜话》，丁如明等校点：《宋元笔记小说大观》，上海古籍出版社2007年版，第2167页。

语高。”三月七日，偶与莹中济湘江，是日大风，当断渡，而莹中必欲宿道林，小舟掀舞向浪中，两岸聚观胆落，而莹中笑声愈高。予細绎梦中诗以语莹中，莹中云：“此段公案，三十年后大行丛林也。”①（《冷斋夜话》卷4《梦中作诗》）

第一则材料是东坡梦中作诗，所咏之物为红靴，醒后仅记一联。除所作之诗，东坡尚记宫女裙带间六言诗。此六言诗又见于宋朱彧《萍洲可谈》卷1“东坡梦作裙带诗”，并云该诗乃东坡至帝所为侍女所作，与《冷斋夜话》未言作者不同。二书所录六言诗前二句相同，后二句有细微差别，《萍洲可谈》后半段为“植立广寒深殿，风来环佩微声”②，“广寒深殿”显然是为符合帝所之语境。第二则材料是惠洪自述梦中得诗及日后诗中场景应验。除《冷斋夜话》，惠洪著有《石门文字禅》《林间录》《禅林僧宝传》等，具有很高的文学造诣，梦中作诗，是惠洪长期创作体验及刹那灵感以梦的形式传递出来。数月之后，惠洪与晓莹湘江渡济，正与诗境相合，此一典故遂成禅林公案。

要之，写诗是难度极高的创造性脑力劳动，炼字、遣词、造句、音律皆需反复琢磨，诗人沉潜其中，日思夜想便出现“梦中得句”“梦中作诗”的现象。梦中得句看似犹如天助，实则诗人灵感的迸发，只是尚未形成较为成熟的语体表达。从梦境中清醒的时间差加剧了梦中所得诗句的脆弱性，文本的模糊为梦中得句现象蒙上神秘之感。

此外，唐宋笔记小说中还有“梦前代文人”类故事，如柳宗元《龙城录》“韩仲卿梦曹子建求序”：“韩仲卿一日梦一乌帻少年，风姿磊落，神仙人也。拜求仲卿，言：‘某有文集，在建邺李氏。公当名出一时，肯为我讨是文而序之，俾我亦阴报耳。’仲卿诺之。去复回曰：‘我曹植子建也。’仲

① 丁如明等校点：《宋元笔记小说大观》，上海古籍出版社2007年版，第2186页。

② （宋）朱彧：《萍洲可谈》，丁如明等校点：《宋元笔记小说大观》，上海古籍出版社2007年版，第2303页。

卿既寤，检邺中书，得《子建集》，分为十卷，异而序之，即仲卿作也。”①韩仲卿为曹植文集分卷作序，该故事显示出曹植诗文在唐代经历由隐而显的过程。跨越时空的对话包含着文人之间的惺惺相惜，以及对以文立言，传之后世的人生理想之重视。

一定程度上而言，梦是潜意识的呈现，梦与人之所系之物与人密切相关。梦中的人物不会受到时空的限制，从而实现现实中尚无条件达成的心愿。梦虽与幻相联，但不可忽视人物内在的欲求与心态。从梦的角度入手，不失为了解人物的一种途径。

第三节 志物与日常：文人雅趣的凸显

对“物”的记录，汉魏六朝重其“奇”，以植物为例，虽摹写其形貌及香气，仍以实用为先。唐宋时期则开掘植物的多元审美，进入审美视野的植物品种多样且称名趋于雅化，观赏方式趋于细致，赏物与创作相联，花事促成文人集会及文学盛事，宋代花卉谱录兴起，莳花体验的融入使植物审美更具私人特质及文人雅趣。本节以牡丹、酴醾、兰、梅、薝葡等花卉为例，探讨唐宋笔记小说对植物多重审美空间之建构。

一、植物品种多样及称名之雅化

晋嵇含《南方草木状》将植物分为草、木、果、竹四类，唐段成式《酉阳杂俎》“广动植”篇将植物分木、草两类，宋陶穀《清异录》设草木门、竹木门、百花门、百果门、蔬菜门、药品门。《南方草木状》《酉阳杂俎》对植物笼统论之，并未清晰厘别其实用价值及观赏价值，《清异录》分类已较为科学细致。整体而言，唐宋笔记小说所载观赏性植物品类繁多，风格不一，草类木类、水生陆生，硕大鲜妍、细小冷清者无不该备。以牡丹、芍

① 丁如明等校点：《唐五代笔记小说大观》，上海古籍出版社2000年版，第141页。

药、海棠、薝葡、酴醾、芭蕉、兰、梅、竹、菊等最多见。

唐宋花事以牡丹为贵，此期牡丹培育技术已颇为成熟，种类繁多，花色繁复，深受时人喜爱。

> 穆宗皇帝殿前种千叶牡丹，花始开，香气袭人，一朵千叶，大而且红。上每睹芳盛，叹曰人间未有。①（《杜阳杂编》卷中）
>
> 今所录，但取其特著者而次第之：
>
> 姚黄　魏花　细叶寿安　鞓红　牛家黄　潜溪绯　左花　献来红　叶底紫　鹤翎红　添色红　倒晕檀心　朱砂红　九蕊真珠　延州红　多叶紫　粗叶寿安　丹州红　莲花萼　一百五　鹿胎花　甘草黄　一擫红　玉板白②（《洛阳牡丹记》）
>
> 洛阳至京六驿，旧未尝进花，李文定公留守，始以花进。岁差府校一人，乘驿马，昼夜驰至京师。所进止姚黄、魏紫三四朵，用菜叶实笼中，藉覆上下，使马不动摇，亦所以御日气；又以蜡封花蒂，可数日不落。至今岁贡不绝。③（《渑水燕谈录》卷 8）

《洛阳牡丹记》所载牡丹之名或取其颜色、形貌或取其产地，洛阳牡丹冠绝一时，“洛人凡花不曰花，独牡丹曰花”④。故而在洛阳，“花”即指牡丹，如西蜀之“花”即指海棠。唐宋时期，牡丹受众遍布社会各个阶层，王室寺院皆有种植。“兴唐寺有牡丹一窠，元和中，著花一千二百朵。其色有正晕、倒晕、浅红、浅紫、深紫、黄白檀等，独无深红。又有花叶中无抹心

---

① （唐）苏鹗：《杜阳杂编》卷中，丁如明等校点：《唐五代笔记小说大观》，上海古籍出版社 2000 年版，第 1385 页。

② （宋）欧阳修等：《洛阳牡丹记》（外十三种），上海书店出版社 2017 年版，第 3 页。

③ （宋）王辟之：《渑水燕谈录》卷 8，丁如明等校点：《宋元笔记小说大观》，上海古籍出版社 2007 年版，第 1287 页。

④ （宋）王得臣：《麈史》卷下，丁如明等校点：《宋元笔记小说大观》，上海古籍出版社 2007 年版，第 1365 页。

者，重台花者，其花面径七八寸。”①从现存文献而言，牡丹形态，时人尤爱花叶硕大繁复者；牡丹色泽，以姚黄、魏紫为贵，这也从侧面显示此类花品培育不易，上引王辟之《渑水燕谈录》即详细记录洛阳以姚黄、魏紫进贡京师时保护花卉不受损害的方式。

关于植物称名之雅化，相对于《洛阳牡丹记》，陶穀《清异录》卷上载洛阳牡丹品名更趋雅致：百叶仙人、月宫花、小黄娇、雪夫人、粉奴香、蓬莱相公、卵心黄、御衣红、紫龙杯、三云姿、盘紫酥、天王子、出样黄、火焰奴、太平楼阁。牡丹品名不仅与色泽形态密切相关，甚至冠以性别，如“雪夫人”“蓬莱相公”，拟人化的称名带来一定的审美距离，凸显花品特征的同时，也可引发读者之联想。《清异录》同卷称柳枝为“漏春和尚”，则是对杜甫诗句“漏泄春光有柳条”的化用，称芍药“婪尾春”，因其开花在春末时节，观赏性植物称名趋于雅化本身即赋予其作为审美客体的文化内涵。

此期笔记小说涉及牡丹种植情况，可见当时已形成较为成熟的花卉市场，满足市民赏花之需求。

洛人宋单父，字仲儒。善吟诗，亦能种艺术。凡牡丹变易千种，红白斗色，人亦不能知其术。上皇召至骊山，植花万本，色样各不同。赐金千余两，内人皆呼为花师。亦幻世之绝艺也。②（《龙城录》）

常以九月取角屑硫黄，碾如面，拌细土，挑动花根壅罨，入土一寸，出土三寸。地脉既暖，立春，渐有花蕾生如粟粒，即掐去，惟留中心一蕊，气聚故花肥，至开时大如碗面。③（《清异录》卷上）

洛阳牡丹，岁久虫蠹，则花开稍小，园户以硫黄簪其穴，虫死，

① 丁如明等校点：《唐五代笔记小说大观》，上海古籍出版社 2000 年版，第 701 页。

② （唐）柳宗元：《龙城录》，丁如明等校点：《唐五代笔记小说大观》，上海古籍出版社 2000 年版，第 151 页。

③ 丁如明等校点：《宋元笔记小说大观》，上海古籍出版社 2007 年版，第 43 页。

> 复盛大。其园户相妒，则以乌贼鱼骨刺花树枝皮中，花必死，盖牡丹忌此鱼耳。① （《渑水燕谈录》卷8）

第一则材料记载洛阳善种牡丹者宋单父，牡丹变易千种，如同幻化而出，无人知其技术，后往骊山种花万本，被呼为花师，尽显种花之才能。第二则材料详记为牡丹施肥的过程，前年深秋即取硫黄混合细土培植花根，立春生花蕾惟留一蕊，则花开盛大。第三则材料先载牡丹病时除虫之法，即以硫磺堵虫穴则花转盛，复录园户害牡丹之法，即以乌贼鱼骨刺树皮，花必死，可见牡丹市场带来经济效益的同时也会引起一定的纷争。

除牡丹花色品类及种植概况，笔记小说还载录与牡丹有关的文人轶事：

> 牡丹，前史中无说处，惟《谢康乐集》中言竹间水际多牡丹。成式检隋朝《种植法》七十卷中，初不记说牡丹，则知隋朝花药中所无也。开元末，裴士淹为郎官，奉使幽冀回，至汾州众香寺，得白牡丹一窠，植于长安私第，天宝中，为都下奇赏。当时名公，有《裴给事宅看牡丹》诗，时寻访未获。一本有诗云："长安年少惜春残，争认慈恩紫牡丹。别有玉盘乘露冷，无人起就月中看。"太常博士张乘尝见裴通祭酒说。又房相有言牡丹之会，琯不预焉。至德中，马仆射镇太原，又得红紫二色者，移于城中。元和初犹少，今与戎葵角多少矣。韩愈侍郎有疏从子侄自江淮来，年甚少，韩令学院中伴子弟，子弟悉为凌辱。韩知之，遂为街西假僧院令读书。经旬，寺主纲复诉其狂率，韩遽令归，且责曰："市肆贱类营衣食，尚有一事长处。汝所为如此，竟作何物？"侄拜谢，徐曰："某有一艺，恨叔不知。"因指阶前牡丹曰："叔要此花，青紫黄赤，唯命也。"韩大奇之，遂给所须，试之。乃竖

① 丁如明等校点：《宋元笔记小说大观》，上海古籍出版社2007年版，第1291页。

箔曲，尽遮牡丹丛，不令人窥。掘棵四面，深及其根，宽容人座。唯赍紫矿、轻粉、朱红，旦暮治其根。凡七日，乃填坑，白其叔曰："恨较迟一月。"时冬初也。牡丹本紫，及花发，色白红历绿，每朵有一联诗，字色紫分明，乃是韩出官时诗。一韵曰"云横秦岭家何在？雪拥蓝关马不前"十四字，韩大惊异。侄且辞归江淮，竟不愿仕。①（《酉阳杂俎》卷19）

《酉阳杂俎》梳理牡丹从不见载录到时人欣赏的发展历程之后，详写韩愈侄种牡丹事。据段成式检校，虽南朝谢灵运已将牡丹写入诗中，至隋代，牡丹仍不为时人所重。裴士淹、房玄龄等上层士大夫移植牡丹之后，牡丹才逐步进入世人的欣赏视野。此则材料还包含非常重要的信息，即较之官邸，唐代寺院更早种植牡丹，由文人迁客发现其观赏价值，继而移栽。韩愈侄不课学业，专以植牡丹为乐，以紫矿、轻粉、朱红治其根，则花色各异，且花出韩诗，引以为绝。花朵印诗，难免夸张，但较之前文宋单父事，随土壤成分的改变种出多种花色的牡丹当属写实，这也进一步显示在审美需求的推动下，牡丹种植园艺已近乎炉火纯青。

唐代寺院僧人亦善植牡丹，据康骈《剧谈录》卷下"慈恩寺牡丹"条，僧寺别院所栽红牡丹，因物以稀为贵甚至被设计盗窃。唐时牡丹浅红深紫多见，亦不乏白色，深红者稀少。慈恩慈僧人于别院耗费近二十年培育红牡丹一株，"婆娑几及千朵，初旭才照，露华半晞，浓姿半开，炫耀心目"，观者惊叹。尔后设计引开僧人，掘花而去，留"金三十两、蜀茶二斤，以为酬赠"②。赏牡丹之风盛行，竟引出中朝士人窃花之公案。

当然，牡丹虽贵为国花，面对因花而起的奢靡耽玩之风气，也有反对的声音。李肇《唐国史补》卷中："京城贵游，尚牡丹三十余年矣。每春暮

① 丁如明等校点：《唐五代笔记小说大观》，上海古籍出版社2000年版，第701页。

② （唐）康骈：《剧谈录》卷下，丁如明等校点：《唐五代笔记小说大观》，上海古籍出版社2000年版，第1481～1482页。

车马若狂，以不耽玩为耻。执金吾铺官围外寺观种以求利，一本有直数万者。元和末，韩令始至长安，居第有之，遽命斫去曰：‘吾岂效儿女子耶！’”①过犹不及，追崇牡丹引发相应的社会问题之后，牡丹也受到一定的抵制。②

二、形色与香气之外：审美走向多元

如上章所揭，《南方草木状》摹写植物，已涉及形色与香气两个方面，此期植物审美，在承继的基础上，进一步走向精细，趋于开掘植物的多重审美空间。具体而言，不仅对花卉的观察与记录更为细致完备，也与文人喜好相关联，在时代风气之外，呈现植物审美的私人特质。

首先，花卉形色审美偏重花色之奇者。

> 卫公言：蜀中石竹有碧花。
>
> 洛中鬻花木者言，嵩山深处有碧花玫瑰，而今亡矣。
>
> 三色石楠花，衡山石楠花有紫碧白三色，花大如牡丹，亦有无花者。
>
> 东都敦化坊百姓家，大和中有木兰一树，色深红。后桂州观察使李勃看宅人，以五千买之。宅在水北，经年，花紫色。③（《酉阳杂俎续集》卷9）

石竹、玫瑰以深浅红色多见，石楠、木兰则以白为主，上引《酉阳杂俎续

① （唐）李肇：《唐国史补》卷中，丁如明等校点：《唐五代笔记小说大观》，上海古籍出版社2000年版，第151页。

② 类似的记载又见于（唐）段成式：《酉阳杂俎续集》卷9：“贞元中牡丹已贵，柳浑善言：‘近来无奈牡丹何，数十千钱买一颗。今朝始得分明见，也共戎葵校几多。’成式又尝见卫公图中有冯绍正鸡图，当时已画牡丹矣。”（丁如明等校点：《唐五代笔记小说大观》，上海古籍出版社2000年版，第783页）

③ （唐）段成式：《酉阳杂俎续集》卷9，丁如明等校点：《唐五代笔记小说大观》，上海古籍出版社2000年版，第783页。

集》所栽碧色石竹、碧花玫瑰、三色石楠花、深红木兰皆不常见，花色之奇，成为作者选录的原因。其中，桂州观察使李勃于东都购买宅院，深红木兰吸引其注意，成为选宅的决定性因素。木兰紫红色又称辛夷花，日常宅院或不多见。同时从此则材料亦不难发现，民间庭院种植花树在唐代已较为普遍。

其次，欣赏花卉香气，以栀子、兰花、酴醾最为多见。

> 栀子，诸花少六出者，唯栀子花六出。陶真白言，栀子剪花六出，刻房七道，其花香甚，相传即西域薝卜花也。①（《酉阳杂俎》卷18）
>
> 兰虽吐一花，室中亦馥郁袭人，弥旬不歇。故江南人以兰为香祖。②
>
> 兰无偶，称为第一。③
>
> 对花焚香有风味相和，其妙不可言者，木犀宜龙脑，酴醾宜沉水，兰宜四绝，含笑宜麝，薝蔔宜檀。④
>
> 酴醾木香，事事称宜，故卖插枝者云百宜枝杖。此洛社故事也。⑤
>
> 脂粉流爱重酴醾，盛开时置书册中，冬间取以插鬓，盖花腊耳。⑥（《清异录》卷上）

栀子六出，形态奇特，香气馥郁，唐时已引起注意，宋人诗文更是反复吟咏。兰草花卉细小，花香清新，推为香祖，赋予文人处世之品性后，成为花中四君子之一。酴醾即今之七里香，暮春绽放，香气甚远。《清异录》所载对花焚香，将草木与香料之气息相对举，“木犀宜龙脑，酴醾宜沉水，

① 丁如明等校点：《唐五代笔记小说大观》，上海古籍出版社2000年版，第693页。

② 丁如明等校点：《宋元笔记小说大观》，上海古籍出版社2007年版，第31页。

③ 丁如明等校点：《宋元笔记小说大观》，上海古籍出版社2007年版，第43页。

④ 丁如明等校点：《宋元笔记小说大观》，上海古籍出版社2007年版，第42页。

⑤ 丁如明等校点：《宋元笔记小说大观》，上海古籍出版社2007年版，第43页。

⑥ 丁如明等校点：《宋元笔记小说大观》，上海古籍出版社2007年版，第43页。

兰宜四绝，含笑宜麝，薝蔔宜檀"，宋型文化之典雅呼之欲出。酴醾木香引入室内，插枝欣赏，或是置于书册令其干，冬日插鬓仍不失其香，足见赏花之风流。

再次，植物审美体现时代风气的同时，也包含文人私人化的审美喜好。

据《清异录》，张翊"尝戏造《花经》，以九品九命升降次第之，时服其允当"①。兹列表如下：

花　品	花　　卉
一品九命	兰、牡丹、腊梅、酴醾、紫风流（睡香）
二品八命	琼花、蕙、岩桂、茉莉、含笑
三品七命	芍药、莲、薝蔔、丁香、碧桃、垂丝海棠、千叶
四品六命	菊、杏、辛夷、豆蔻、后庭、忘忧、樱桃、林禽、梅
五品五命	杨花、月红、梨花、千叶李、桃花、石榴
六品四命	聚八仙、金沙、宝相、紫薇、凌霄、海棠
七品三命	散水、真珠、粉团、郁李、蔷薇、米囊、木瓜、山茶、迎春、玫瑰、金灯、木笔、金凤、夜合、踯躅、金钱、锦带、石蝉
八品二命	杜鹃、大清、滴露、刺桐、木兰、鸡冠、锦被堆
九品一命	芙蓉、牵牛、木槿、葵、胡葵、鼓子、石竹、金莲

上表共列 71 种花卉，兰、牡丹、腊梅、酴醾、紫风流（睡香）为一品九命，可见此期赏花，形色之外，偏重香气及花之品格。五品以下，已非花中佳品。陶穀为五代宋初时人，"九品九命"基本反映此期花卉品鉴之格调。

宋代植物欣赏范围进一步扩大，除花卉，绿植如芭蕉、芦苇、苔藓也进入审美视野，体现文人独特的审美喜好。

① （宋）陶穀：《清异录》卷上，丁如明等校点：《宋元笔记小说大观》，上海古籍出版社 2007 年版，第 40 页。

南汉贵珰赵纯节，性惟喜芭蕉，凡轩窗馆宇咸种之。时称纯节为蕉迷。

南海城中苏氏园，幽胜第一。广主尝与幸姬李蟾妃微至此憩酌绿蕉林，广主命笔大书蕉叶曰“扇子仙”。苏氏于广主草宴之所起扇子亭。

怀素居零陵庵东郊，治芭蕉，亘带几数万，取叶代纸而书，号其所曰“绿天庵”。①

青城山叟谢调《芭蕉歌》略云：“草中一种无伦比，琐屑蒿莱望帝尊。”

芭蕉诗最难作，胡邰阳嵩一篇云：“野人无帐幄，爱此绿参差。”云云。

芦之为物，大类此君，但霜雪侵陵改素为愧耳。故好事君子号芦为“萧寒郡假节侯”。

常保衡呼麦门冬、鹿葱为护阶君子，金蓌、玉簪为绿庄严。

苔一名地钱，一名绿衣元宝。王彦章葺园亭，垒坛种花，急欲苔藓少助野意，而经年不生，顾弟子曰：“叵耐这绿拗儿!”②(《清异录》卷上)

前五则载文人对芭蕉之喜爱，或植于窗下，或小憩林下，或以之为纸，或因其作诗，芭蕉已融入文人的日常生活。第六则为芦苇，可抵霜雪侵陵，故得名“萧寒郡假节侯”。七八则写地面匍匐微物，麦门冬、鹿葱呼“护阶君子”，金蓌、玉簪呼“绿庄严”，以种植场所起拟人化之名。对苔藓的记载颇具趣味，苔藓本实微小，文人修葺园林取其以助野意，却经年不生，固被称为“绿拗儿”。

① 丁如明等校点：《宋元笔记小说大观》，上海古籍出版社2007年版，第32页。

② 丁如明等校点：《宋元笔记小说大观》，上海古籍出版社2007年版，第33~34页。

三、赏花与集会：物以群人的文坛雅事

咏物是诗歌创作的重要题材，由花事促成的集体咏物在此期较为常见，物以群人的文坛雅事及文本传播，一定程度上提升了花卉审美的文学意涵。

> 高皇帝御群臣，赋《宴赏双头牡丹》诗，惟上官昭容一联为绝丽，所谓“势如连璧友，心若臭兰人”者。①（《龙城录》）
>
> 上于内殿前看牡丹，翘足凭栏，忽吟舒元舆《牡丹赋》云：“俯者如愁，仰者如语，合者如咽。”吟罢，方省元舆词，不觉叹息良久，泣下沾臆。②（《杜阳杂编》卷中）

《龙城录》记载唐高宗宴会时，群臣同题竞作咏牡丹诗，上官婉儿诗中一联尤为人赞叹“势如连璧友，心若臭兰人”，恰如其分地写出双头牡丹之形态。《杜阳杂编》由舒元舆《牡丹赋》引出明皇对贵妃的追思，“明皇秋八月，太液池有千叶白莲数枝盛开，帝与贵戚宴赏焉。左右皆叹羡。久之，帝指贵妃示于左右曰：‘争如我解语花？’”③玉环面若银盘、花容月貌，明皇以花喻之，故有“解语花”之称。贵妃亡后，玄宗目之所及无不伤感，见牡丹倾城，吟“俯者如愁，仰者如语，合者如咽”，所见之景瞬间触发心中之情，遂与诗作者达到情感共鸣，可见《牡丹赋》在文本传播中实现了“物以群人”的功用。

宋时以花为名的集会及创作更为多见：

---

① 丁如明等校点：《唐五代笔记小说大观》，上海古籍出版社 2000 年版，第 148 页。

② 丁如明等校点：《唐五代笔记小说大观》，上海古籍出版社 2000 年版，第 1387 页。

③ （唐）王仁裕：《开元天宝遗事》卷下，丁如明等校点：《唐五代笔记小说大观》，上海古籍出版社 2000 年版，第 1737 页。

陶子召客于西宅，为酴醾开尊，无以侑劝，请坐人各撰小名，得有思致者七。是日十一客，费曲生八斗，夜三鼓而罢。家并有酴醾酒肉，如吾十二人之乐，没世不可得。赛白蔓君、四字天花、花圣人、慈恩傅粉、绿衣郎、独步春、沉香密友。①（《清异录》卷上）

海陵西溪盐场，初，文靖公尝官于此，手植牡丹一本，有诗刻石。后范文正公亦尝临莅，复题一绝："阳和不择地，海角亦逢春。忆得上林色，相看如故人。"后人以二公诗笔故，题咏极多，而花亦为人贵重，护以朱栏，不忍采折。岁久茂盛，枝覆数丈，每岁花开数百朵，为海滨之奇观。②（《渑水燕谈录》第7）

第一则材料为酴醾开花之时，陶子召宴请友人，并为酴醾命名，得有思致者七：赛白蔓君、四字天花、花圣人、慈恩傅粉、绿衣郎、独步春、沉香密友，或取其色泽形态，或取其香气及开花时节，可见暮春赏酴醾之乐事。第二则材料文靖公手植牡丹并作诗刻于石上，范仲淹后至与其唱和，二人因政治及文学影响力促成牡丹吟咏之盛事。同时，该株牡丹也因诗作为时人所重，渐而繁茂，成为重要的文学地理景观。

牡丹因文人唱咏而显贵重，反之，吟咏减少，花卉亦可能为世所轻。"世之花卉，种类不一，或以色而艳，或以香而妍，是皆钟天地之秀，为人所钦羡也。梅花占于春前，牡丹殿于春后，骚人墨客特注意焉。独海棠一种，风姿艳质固不在二花下，自杜陵入蜀，绝吟于是花，世因以此薄之。"③上引张翊《花经》，垂丝海棠列于"三品七命"，海棠位列"六品四命"，中唐至宋初，除佳品垂丝海棠外，海棠的地位整体不高。北宋以后，随着梅圣俞、王荆公、苏东坡等人的吟咏，这一现象逐渐发生改观，至南

① 丁如明等校点：《宋元笔记小说大观》，上海古籍出版社2007年版，第42~43页。

② 丁如明等校点：《宋元笔记小说大观》，上海古籍出版社2007年版，第1281页。

③ （宋）陈思：《海棠谱》，（宋）欧阳修等《洛阳牡丹记》（外十三种），上海书店出版社2017年版，第49页。

宋已有专门的海棠谱录。陈思《海棠谱》卷中、下录唐宋诸家咏海棠诗作计86首(组)，五言七言，短篇长制皆备，其中不乏唱和佳作，虽非全然同期，亦可视为隔代唱和的同题吟咏。有研究者指出，海棠诗作在宋代的大量出现是后世诗人对“杜甫不赋海棠”的有意超越。①

四、莳花体验：植物谱录之兴起

谱录是根据事物类别编撰而成的书籍，至宋代而蔚为大观。农事类谱录有《禾谱》《笋谱》《桂海果志》，饮食类谱录如《东坡酒经》《酒谱》《糖霜谱》，花卉谱有《金漳兰谱》《范村梅谱》《海棠谱》《扬州芍药谱》，鱼虫禽兽谱如《蟹谱》《秋虫谱》《桂海禽志》，文房四宝谱有《砚谱》《文房四谱》，玉石古玩谱如《云林石谱》，泉币鼎彝如《钱谱》《泉志》《宣和博古图》等。②

本节仅讨论花卉谱录，兹将流传较广者罗列如下：

序号	谱录名称	著者
1	洛阳牡丹记	欧阳修
2	牡丹荣辱志	丘濬
3	陈州牡丹记	张邦基
4	天彭牡丹谱	陆游
5	牡丹谱	胡元质
6	扬州芍药谱	王观
7	玉蕊辨证	周必大
8	海棠谱	陈思
9	桐谱	陈翥
10	洛阳花木记	周师厚

① 参见沈扬：《经典缺失的诠释与补亡——论宋人对“杜甫不赋海棠”的讨论与书写》，《文学遗产》2014年第5期。

② 参见(宋)欧阳修等《洛阳牡丹记·总序》(外十三种)，上海书店出版社2017年版，第2页。

续表

序号	谱录名称	著者
11	桂海花志	范成大
12	桂海草木志	范成大
13	离骚草木疏	吴仁杰
14	楚辞芳草谱	谢翱
15	范村梅谱	范成大
16	梅品	张镃
17	梅花喜神谱	宋伯仁
18	画梅谱	华光道人
19	金漳兰谱	赵时庚
20	王氏兰谱	王贵学
21	兰易	鹿亭翁
22	竹谱详录	李衎
23	续竹谱	刘美之
24	刘氏菊谱	刘蒙
25	史氏菊谱	史正志
26	范村菊谱	范成大
27	百菊集谱	史铸

概括而言，花卉谱录涉及多个侧面：花卉产地、生长环境、品类优劣、花之品格、绘图技法等，是宋型文化的重要组成部分。上表所列谱录，牡丹谱 5 种，梅谱 4 种，菊谱 4 种，兰谱 3 种，竹谱 2 种，芍药谱 1 种，海棠谱 1 种，桐谱 1 种，综合花木谱 3 种，汇编注疏类 3 种，共计 27 种。

宋前笔记小说论及植物，多属科普类的形貌介绍，植物谱录侧重文人的审美体验。写作策略上不再是征引已有文献，考察植物的文化意义，而是基于自身的观察，体现花卉审美的私人化特质。其中，《梅花喜神谱》《竹谱详录》系图文结合谱录，前者分图画梅花神态，且附录专诗，后者细绘竹类，便于普及。《论语》《孟子》一定程度上表现出对“稼穑”事及“劳力者”的轻视，陶渊明发掘种豆南山的乐趣后，文人便逐渐将莳弄花木纳入日常的体验，并赋予其越发细腻的雅趣。花卉审美的转型，折射出文化之新变。

参考文献

一、基本典籍(以出版时间为序)

(清)彭定求等编:《全唐诗》,中华书局1960年版。

(晋)嵇含等撰:《南方草木状及其他三种》,商务印书馆1960年版。

(宋)李昉等编:《太平广记》,中华书局1961年版。

(清)郭庆藩撰,王孝鱼点校:《庄子集释》,中华书局1961年版。

(梁)萧统编,(唐)李善注:《文选》,中华书局1977年版。

(晋)葛洪著,王明校释:《抱朴子内篇校释》,中华书局1980年版。

(晋)常璩撰,刘琳校注:《华阳国志校注》,巴蜀书社1984年版。

(唐)刘恂撰:《岭表录异》,中华书局1985年版。

程俊英、蒋见元:《诗经注析》,中华书局1991年版。

(宋)不著撰人等:《分门古今类事》(外八种),上海古籍出版社1991年版。

(明)程荣纂辑:《汉魏丛书》,吉林大学出版社1992年版。

(宋)李昉等编:《太平御览》,河北教育出版社1994年版。

吴玉贵、华飞编:《四库全书精品文存》(第27卷),团结出版社1997年版。

(清)严可均辑:《全上古三代秦汉三国六朝文》,中华书局1999年版。

王根林、黄益元、曹光甫校点:《汉魏六朝笔记小说大观》,上海古籍出版社1999年版。

丁如明等校点:《唐五代笔记小说大观》,上海古籍出版社2000年版。

(清)阮元校刻:《十三经注疏》,上海古籍出版社2000年版。

(唐)释道世著,周叔迦、苏晋仁校注:《法苑珠林校注》,中华书局2003年版。

张智主编:《中国风土志丛刊》,广陵书社2003年版。

(明)李时珍:《本草纲目》,人民卫生出版社2004年版。

(清)段玉裁:《说文解字注》,浙江古籍出版社2006年版。

(清)王谟:《汉唐地理书钞》,中华书局2006年版。

丁如明等校点:《宋元笔记小说大观》,上海古籍出版社2007年版。

(汉)班固撰:《汉书》,中华书局2007年版。

(汉)司马迁著:《史记》,中华书局2009年版。

(汉)应劭撰,王利器校注:《风俗通义校注》,中华书局2010年版。

董光和、齐希编:《中国稀见地方史料集成》(第55册),学苑出版社2010年版。

(唐)白居易著,谢思炜校注:《白居易文集校注》,中华书局2011年版。

(唐)孟启撰,董希平、程艳梅、王思静评注:《本事诗》,中华书局2014年版。

(晋)张华撰,范宁校证:《博物志校证》,中华书局2014年版。

李时人编校:《全唐五代小说》,中华书局2014年版。

姚乐野、李勇先、胡建强编:《中国西南地理史料丛刊》,巴蜀书社2014年版。

李剑国辑校:《唐五代传奇集》,中华书局2015年版。

张智主编:《中国风土志丛刊续编》,广陵书社2015年版。

(宋)欧阳修等:《洛阳牡丹记》(外十三种),上海书店出版社2017年版。

逯钦立辑校:《先秦汉魏晋南北朝诗》,中华书局2017年版。

(宋)范成大等著,刘向培整理校点:《范村梅谱》(外十二种),上海书店出版社2017年版。

隋树森：《古诗十九首集释》，中华书局2018年版。

栾保群：《山海经详注》，中华书局2019年版。

（北魏）郦道元著，陈桥驿校：《水经注校证》，中华书局2020年版。

上海师范大学古籍整理研究所编：《全宋笔记》，大象出版社2020年版。

赵荣华、戴翥主编：《南药古籍文献辑要》，上海科学技术出版社2020年版。

（南朝梁）刘勰著，（清）黄叔琳注、李详补注，杨明照校注拾遗：《文心雕龙校注》，中华书局2021年版。

袁珂：《山海经校注》，北京联合出版公司2022年版。

（北魏）贾思勰撰，石声汉校释：《齐民要术今释》，中华书局2022年版。

（明）胡应麟：《少室山房笔丛》，上海书店出版社2022年版。

袁行霈：《陶渊明集笺注》，中华书局2022年版。

（吴）陆玑撰，（明）毛晋广要，栾保群点校：《毛诗草木鸟兽虫鱼疏广要》，中华书局2023年版。

（西晋）法炬共法立译：《法句譬喻经》，《大正藏》第4册。

（元魏）慧觉等译：《贤愚经》，《大正藏》第4册。

（元魏）吉迦夜共昙曜译：《杂宝藏经》，《大正藏》第4册。

（吴）支谦译：《撰集百缘经》，《大正藏》第4册。

（唐）义净译：《根本说一切有部毘奈耶》，《大正藏》第23册。

（唐）义净译：《根本说一切有部毘奈耶破僧事》，《大正藏》第24册。

（唐）义净译：《根本说一切有部毘奈耶杂事》，《大正藏》第24册。

二、研究专著（以姓氏为序）

鲍远航：《〈水经注〉与魏晋南北朝文学文献研究》，中国社会科学出版社2019年版。

蔡静波：《唐五代笔记小说研究》，陕西人民出版社2007年版。

陈洪：《中国小说理论史》，天津教育出版社 2005 年版。

陈明：《殊方异药：出土文书与西域医学》，北京大学出版社 2005 年版。

陈平原：《中国小说叙述模式的转变》，北京大学出版社 2010 年版。

陈文新：《文言小说审美发展史》，武汉大学出版社 2002 年版。

陈寅恪：《金明馆丛稿初编》，上海古籍出版社 2020 年版。

丁敏：《中国佛教文学的古典与现代：主题与叙事》，岳麓书社 2007 年版。

董乃斌：《中国古典小说的文体独立》，中国社会科学出版社 1994 年版。

范军：《佛教地狱观念与中古叙事文学》，花木兰文化出版社 2013 年版。

高小康：《中国古代叙事观念与意识形态》，北京大学出版社 2005 年版。

侯传文：《佛经的文学性解读》，中华书局 2004 年版。

侯忠义：《中国文言小说史稿》，北京大学出版社 1990 年版。

胡胜：《神怪小说简史》，山西人民出版社 2005 年版。

胡亚敏：《叙事学》(第二版)，华中师范大学出版社 2004 年版。

黄勇：《道教笔记小说研究》，四川大学出版社 2007 年版。

李剑国：《唐前志怪小说辑释》，上海古籍出版社 2011 年版。

李剑国：《唐前志怪小说史》，人民文学出版社 2011 年版。

李剑国：《唐五代志怪传奇叙录》(上、中、下)，中华书局 2017 年版。

李零：《中国方术正考》，中华书局 2006 年版。

李鹏飞：《唐代非写实小说之类型研究》，北京大学出版社 2004 年版。

李稚田：《古代小说与民俗》，山西人民出版社 2005 年版。

林辰：《神怪小说史》，浙江古籍出版社 1997 年版。

刘惠卿：《佛经文学与六朝小说母题》，中国社会科学出版社 2013 年版。

刘纬毅：《汉唐方志辑佚》，国家图书馆出版社 1997 年版。

刘文英：《中国古代时空观念的产生和发展》，上海人民出版社 1980 年版。

刘湘兰：《中古叙事文学研究》，北京大学出版社 2011 年版。

刘叶秋：《历代笔记概述》，北京出版社 2016 年版。

刘云春：《历史叙事传统语境下的中国古典小说审美研究》，中国社会科学出版社 2010 年版。

刘宗迪：《失落的天书：〈山海经〉与古代华夏世界观》（增订版），北京商务印书馆 2016 年版。

龙迪勇：《空间叙事学》，生活·读书·新知三联书店 2015 年版。

鲁迅：《古小说钩沉》，齐鲁书社 1997 年版。

鲁迅：《中国小说史略》，商务印书馆 2011 年版。

罗宁：《汉唐小说观念论稿》，巴蜀书社 2009 年版。

罗欣：《汉唐博物杂记类小说研究》，中国社会科学出版社 2016 年版。

苗壮：《笔记小说史》，浙江古籍出版社 1998 年版。

梅新林：《中国文学地理形态与演变》，复旦大学出版社 2006 年版。

宁稼雨：《中国文言小说总目提要》，齐鲁书社 1996 年版。

普慧：《南朝佛教与文学》，中华书局 2002 年版。

齐裕焜：《中国古代小说演变史》，敦煌文艺出版社 1990 年版。

钱锺书：《管锥编》，生活·读书·新知三联书店 2019 年版。

荣新江：《丝绸之路与东西文化交流》，北京大学出版社 2015 年版。

申丹：《叙述学与小说文体学研究》（第 2 版），北京大学出版社 1998 年版。

石昌渝：《中国小说源流论》，生活·读书·新知三联书店 1994 年版。

孙鸿亮：《佛经叙事文学与唐代小说研究》，人民出版社 2008 年版。

谭君强：《叙事学研究：多重视角》，中国社会科学出版社 2018 年版。

唐志远：《六朝史学与文学》，北京大学出版社 2018 年版。

万晴川：《中国古代小说与方术文化》，中国社会科学出版社 2005 年版。

王昊：《从想象到趋实：中国域外题材小说研究》，人民出版社 2010 年版。

王立：《佛经文学与古代小说母题比较研究》，昆仑出版社 2006 年版。

王青：《西域文化影响下的中古小说》，中国社会科学出版社 2006 年版。

王子今：《秦汉名物丛考》(增订版)，新星出版社 2023 年版。

吴海勇：《中古汉译佛经叙事文学研究》，学苑出版社 2004 年版。

吴礼权：《中国笔记小说史》商务印书馆 1997 年版。

吴志达：《中国文言小说史》，齐鲁书社 1994 年版。

向达：《唐代长安与西域文明》，商务印书馆 2015 年版。

熊明：《杂传与小说：汉魏六朝杂传研究》，辽海出版社 2004 年版。

许建平、黄毅：《二十世纪中国古代小说的研究视角与方法》，复旦大学出版社 2008 年版。

杨义：《中国叙事学》，人民出版社 1997 年版。

杨义：《中国古典小说史论》，人民出版社 1998 年版。

杨义：《文学地理学会通》，中国社会科学出版社 2013 年版。

于赓哲：《唐代疾病、医疗史初探》，中国社会科学出版社 2011 年版。

余太山：《两汉魏晋南北朝正史西域传研究》(上、下)，商务印书馆 2019 年版。

袁珂：《中国古代神话》，华东师范大学出版社 2017 年版。

张庆民：《魏晋南北朝志怪小说通论》，首都师范大学出版社 2000 年版。

张伟然：《中古文学的地理意象》，中华书局 2014 年版。

张乡里：《唐前博物类小说研究》，上海古籍出版社 2016 年版。

曾大兴：《文学地理学研究》，商务印书馆 2012 年版。

赵毅衡：《苦恼的叙述者》，成都：四川文艺出版社，2013 年版。

赵毅衡：《符号学》，南京大学出版社 2012 年版。

郑振铎：《中国俗文学史》，商务印书馆 2010 年版。

周勋初：《唐代笔记小说叙录》，江苏凤凰出版社 2008 年版。

竺可桢：《天道与人文》，北京出版社 2016 年版。

三、译介专著(以出版时间为序)

[法]列维-布留尔著，丁由译：《原始思维》，商务印书馆 1981 年版。

[奥]西格蒙德·弗洛伊德著，赵立玮译：《图腾与禁忌》，上海人民出

版社 2005 年版。

[英]J. G. 弗雷泽著，汪培基、徐育新、张泽石译：《金枝》，商务印书馆 2013 年版。

[美]薛爱华著，程章灿、叶蕾蕾译：《朱雀：唐代的南方意象》，生活·读书·新知三联书店 2014 年版。

[美]薛爱华著，吴玉贵译：《撒马尔罕的金桃：唐代舶来品研究》，社会科学文献出版社 2016 年版。

[日]青木正儿著，杨晓钟、戚砾婉琛译：《中华名物考》，陕西人民出版社 2017 年版。

[德]黑格尔著，朱光潜译：《美学》，商务印书馆 2018 年版。

[美]段义孚著，志丞、刘苏译：《恋地情结》，商务印书馆 2018 年版。

[美]罗伯特·N. 斯宾格勒三世著，陈阳译：《沙漠与餐桌：食物在丝绸之路上的起源》，社会科学文献出版社 2021 年版。

[法]米歇尔·柯罗著，袁莉译：《文学地理学》，福建教育出版社 2021 年版。

[英]杜德桥著，杨为刚、查屏球译：《神秘体验与唐代世俗社会：戴孚〈广异记〉解读》，江苏人民出版社 2022 年版。

四、学位论文(以时间为序)

(一)博士学位论文

郑暋暻：《段成式的〈酉阳杂俎〉研究》，中国社会科学院博士学位论文，2002 年。

张亚南：《魏晋小说类文献研究》，山东大学博士学位论文，2008 年。

曾艳红：《唐诗丝绸物事及其意象研究》，上海师范大学博士学位论文，2010 年。

张传东：《魏晋南北朝志怪小说集成书研究》，山东大学博士学位论文，2018 年。

冷艳：《魏晋南北朝佛教与志怪小说研究》，吉林大学博士学位论文，2019年。

王京：《中华民族伏羲女娲神话数据研究》，中国社会科学院博士学位论文，2020年。

王悦笛：《唐宋诗歌与园林植物审美》，中国社会科学院博士学位论文，2021年。

（二）硕士学位论文

韩晋：《唐前地理博物志怪小说审美研究》，辽宁大学硕士学位论文，2006年。

李霞：《〈博物志〉神话研究》，华中师范大学硕士学位论文，2007年。

吴蓉：《〈拾遗记〉研究》，南京师范大学硕士学位论文，2008年。

杨莹樱：《中国古代小说瘟疫描写研究》，上海师范大学硕士学位论文，2008年。

樊伟峻：《魏晋南北朝博物类志怪小说研究》，东北师范大学硕士学位论文，2009年。

郝静：《〈博物志〉与博物空间观研究》，西南大学硕士学位论文，2009年。

刘立佳：《中古博物著作与博物观念研究》，陕西师范大学硕士学位论文，2014年。

李浩：《疾病与先唐文学三题》，南京师范大学硕士学位论文，2014年。

杨静：《汉魏至宋代涉闽志怪小说研究》，福建师范大学硕士学位论文，2015年。

高诗亚：《魏晋南北朝志怪小说中洞窟故事研究》，西北师范大学硕士学位论文，2017年。

刘悦：《〈荆楚岁时记〉所载民间美术研究》，重庆师范大学硕士学位论文，2018年。

王康璐：《魏晋南北朝岁时节令饮食文化研究——以〈荆楚岁时记〉为

中心》，华中师范大学硕士学位论文，2018 年。

倪远韵：《古镜奇谭——中国古典文化中的镜意象流变探究》，南京大学硕士学位论文，2019 年。

刘梅：《行旅视点中的魏晋志怪小说空间意象研究》，西南大学硕士学位论文，2019 年。

曹雨：《〈太平广记〉疾病叙事研究》，华东交通大学硕士学位论文，2019 年。

赵伟华：《商族玄鸟信仰缘起之史地探究》，郑州大学硕士学位论文，2019 年。

宋佳佳：《上古中国洪水神话与龙蛇形象研究》，山东大学硕士学位论文，2020 年。

林贞余：《多维视域下的魏晋南北朝节日诗研究》，广西大学硕士学位论文，2020 年。

李胜楠：《〈山海经〉中“远国异人”形象研究》，长春理工大学硕士学位论文，2021 年。

汪玥：《汉魏六朝笔记小说中的“不死药”母题研究》，广西师范大学硕士学位论文，2021 年。

潘辉翔：《魏晋南北朝志怪小说中的疾病书写》，西南大学硕士学位论文，2022 年。

五、单篇论文(以发表时间为序)

李剑国：《地理博物体志怪小说的产生和发展》，《南开大学学报》1984 年第 5 期。

刘黎明：《〈山海经〉里的“黑齿国”与日本古俗》，《文史杂志》1993 年第 5 期。

王晶波：《从地理博物杂记到志怪传奇——〈异物志〉的生成演变过程及其与古小说的关系》，《西北师大学报》(社会科学版)1997 年第 4 期。

刘明华：《理想性，神秘性和历史真实———对〈桃花源诗并记〉的多重解读》，《文学遗产》1999 年第 1 期。

朱渊清：《魏晋博物学》，《华东师范大学学报》(哲学社会科学版)2000 年第 5 期。

刘仲宇：《刘晨阮肇入桃源故事的文化透视》，《中国道教》2002 年第 6 期。

左鹏：《汉唐时期的瘴与瘴意象》，荣新江主编《唐研究》第 8 卷，北京：北京大学出版社，2002 年。

陶敏、刘再华：《"笔记小说"与笔记研究》，《文学遗产》2003 年第 2 期。

王强：《中国古代名物学初论》，《扬州大学学报》(人文社会科学版)2004 年第 6 期。

萧放：《岁时生活与荆楚民众的巫鬼观念——〈荆楚岁时记〉研究之一》，《湖北民族学院学报》(哲学社会科学版)2004 年第 6 期。

张建军：《神话、知识与人伦——中国早期图像的一种文化学考察》，《文艺研究》2005 年第 2 期。

洪树华：《魏晋南北朝志怪小说的"洞穴仙境"意象》，《山东大学学报》(哲学社会科学版)2005 年第 2 期。

赵婕：《论〈博物志〉地理叙述的价值和意义》，《宁夏大学学报》(人文社会科学版)2006 年第 1 期。

王媛：《〈博物志〉的成书、体例与流传》，《中国典籍与文化》2006 年第 4 期。

许彰明：《六朝唐代志怪小说中"铜镜驱邪"的文化解读》，《民族艺术》2006 年第 4 期。

董新祥：《中西神话中神的形象与"天人观"差异》，《山东社会科学》2007 年第 9 期。

王青：《西域传说中的特殊国度》，《西域研究》2008 年第 3 期。

胡宝国：《知识至上的南朝学风》，《文史》2009 年第 4 期。

吴从祥：《〈海内十洲记〉成书新探》，《广西社会科学》2009 年第

10 期。

张建伟：《论唐诗中桃源典故与刘阮入天台故事之合流》，《江西师范大学学报》(哲学社会科学版)2010 年第 4 期。

陈连山：《〈山海经〉对异族的想象与自我认知》，《北京大学学报》(哲学社会科学版)2012 年第 1 期。

袁文春：《百年来笔记小说概念研究综述》，《学术界》2012 年第 12 期。

徐峰：《汉魏六朝文献与文物视野中的“孔穴与胜境”》，《中华文化论坛》2013 年第 3 期。

普慧：《汉代巫鬼崇拜及其对六朝鬼神文学的影响》，《文学遗产》2013 年第 5 期。

刘正平：《笔记辨体与笔记小说研究》，《杭州师范大学学报》(社会科学版)2013 年第 6 期。

王洪军：《玄鸟生商经典化意义及文学场景构成》，《北方论丛》2014 年第 1 期。

马兴波：《“笔记小说”概念批判与笔记作品的重新分类》，《广州大学学报》(社会科学版)2014 年第 1 期。

沈扬：《经典缺失的诠释与补亡——论宋人对“杜甫不赋海棠”的讨论与书写》，《文学遗产》2014 年第 5 期。

阳清、李贺：《从〈山海经〉到〈神异经〉〈海内十洲记〉——博物志怪走向道教仙话的叙事丕变》，《广西社会科学》2015 年第 1 期。

陈磊：《行走于现实与想象之间——隋唐时期的“疫鬼”和“鬼神致病”》，2015 年第 3 期。

张蜀蕙：《唐代南贬文人的物候与风土叙述》，《中文学术前沿》第 9 辑，浙江大学出版社 2015 年版。

葛永海：《地域审美视角与六朝文学之“江南”意象的历史生成》，《学术月刊》2016 年第 3 期。

杨晓霭：《“丝绸之路”上的人物往来与唐诗境界的开拓》，《中国高校社会科学》2016 年第 3 期。

万晴川、万思蔚：《魏晋六朝小说中仙境书写的南方地理特征及其道教文化渊源》，《关东学刊》2016年第6期。

曹逸梅：《中唐至宋代诗歌中的南食书写与士人心态》，《文学遗产》2016年第6期。

陈恩维：《从异物到乡邦：明代以前的岭南书写及其意义》，《学术研究》2017年第5期。

唐妍：《中国古代小说对世界的地理想——从〈山海经〉到〈野叟曝言〉》，《浙江学刊》2018年第2期。

林嵩：《节日与贤人——从〈荆楚岁时记〉注文看节日的神圣化》，《中国典籍与文化》2018年第2期。

孔旭荣：《"仰皇风而悦化"：中国三世纪文学中的丝绸之路》，《铜仁学院学报》2018年第5期。

马燕鑫：《魏晋六朝地记与文学书写》，《文学遗产》2019年第2期。

于沁可、刘宗迪：《蜮生南越：传统博物学的南方想象》，《文化遗产》2019年第4期。

王昕：《汉唐洞窟志怪的文化史研究——以文学性的生发为线索》，《清华大学学报》(哲学社会科学版)2019年第2期。

沈金浩：《刘阮入天台故事的文化内涵及其在后世的嬗变》，《浙江学刊》2019年第4期。

尹策：《汉晋地理博物小说的言说方式与奇异之美》，《文学与文化》2020年第1期。

朱旭强：《从〈山海经〉两则神话看〈桃花源记〉中"桃"的意义》，《古典文学知识》2020年第5期。

曹逸梅：《闻香：黄庭坚诗歌的鼻观世界》，《文艺研究》2020年第8期。

田苗：《唐诗中石榴及相关名物考论》，《中国文学研究》第33辑，复旦大学出版社2020年版。

陶禹：《汉晋都邑赋"方志性"的生成与演进》，《文学评论》2021年第1期。

张慧敏：《正史叙事传统与汉唐志怪传奇》，《中国文学研究》第 34 辑，复旦大学出版社 2021 年版。

宋子乔：《文学治疗与鬼神信仰——论古典诗文中的“驱疟”现象》，《古代文学理论研究》第 53 辑，华东师范大学出版社 2021 年版。

周金泰：《五行学说与博物志怪编纂——从〈山海经〉到〈神异经〉的文本结构演变》，《浙江学刊》2021 年第 6 期。

张黎明：《“博物体小说”概念研究述评与反思》，《成都理工大学学报》(社会科学版)2022 年第 3 期。

梅新林：《古代小说研究的“空间转向”与范式重构》，《文学遗产》2022 年第 4 期。

王淼：《从历史“方国”到神话“异国”的断裂与重构——基于《山海经·海外南经》“贯匈国”的考证》，《民族学刊》2022 年第 6 期。

李萌昀：《知识如何构拟：论中国古代小说中的“伪知识”》，《文艺研究》2022 年第 9 期。

王淼：《从历史“方国”到神话“异国”的断裂与重构——基于〈山海经·海外南经〉“贯匈国”的考证》，《民族学刊》2022 年第 6 期。

陈娅妮：《汉晋地志的文学书写与南方意象的生成》，《励耘学刊》第 36 辑，社会科学文献出版社 2022 年版。

丁利荣：《植物的面相：中国古代植物审美的多元风景》，《华中师范大学学报》(人文社会科学版)2023 年第 2 期。

任传功、曹奥琦：《从巫蛊神话到日常生活中物的本质性呈现》，《文艺争鸣》2023 年第 2 期。

六、外文文献

小林清市：《中国博物学の世界：「南方草木状」「齐民要术」を中心に》，农山渔村文化协会，2003 年。

门脇广文：《洞窟の中の田园：そして二つの「桃花源记」》，山本书店，2017 年。

大平幸代：《张华“博物”故事之背景——试探六朝“博物类志怪小说”与地理书之关系》，《第十一届马来西亚汉学国际研讨会论文集》，2017年。

大平幸代：《神境记攷-刘宋期の地志における山水の记録》，《叙说》（奈良女子大学日本アジア言语文化学会），2015年3月。

伊藤令子：《神仙的世界观を通して读まれた志怪-六朝志怪「刘晨阮肇」故事を一例として》，《中国文学研究》2018年12月。

土屋聡：《空想する「桃花源记」—「桃花源诗」とともに読むことの意义》，《冈山大学大学院教育学研究科研究集録》2022年2月。

森そよ花：《陶渊明「桃花源记」研究：外人を通して浮かびあがる陶渊明の思想》，《日本文学》2022年3月。